배수아의 아름다운 몸 이야기

내 안에 남자가 숨어 있다

배수아의 아름다운 몸 이야기

내 안에 남자가 숨어 있다

자음과모음

—

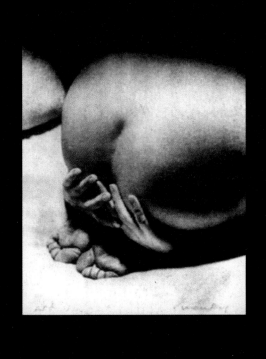

Chapter 1

그대보다 더 그대 몸을 사랑하는 사람은 없다

Chapter 2

욕망은 기호일 뿐이다

에로티시즘은 그 대상의 부정성으로 인해 더 빛난다

Chapter 3

인간의 몸 안에는 서로 다른 시계와 달력이 들어 있다

Chapter 4

경멸과 두려움 – 이충걸(《GQ》 편집장)

그대보다 더 그대 몸을 사랑하는 사람은 없다

1 • THE HAIR

한나(여, 29세, 가명)는 어느 날 회사에 사직서를 제출하고 여행을 떠나기로 했다. 여행은 길지 않았다. 특별하지도 않았다. 한나는 이틀 동안 해남의 바닷가를 돌아다녔다. 피서철이 아니었고, 하늘은 우중충하게 흐렸으며 비가 왔다. 사람들은 가난했고 개들은 더러웠다. 길가의 음식점들은 조미료를 듬뿍 친 생선 요리를 내밀었다. 한나는 그곳 사람들이 사용하는 언어를 잘 이해할 수가 없었다. 마치 다른 세상에 와 있는 느낌이 들었다.

땅끝이란 곳에서 그다지 멀지 않은 마을에 들렀을 때였다. 그 마을 앞에는 잔잔한 만으로 둘러싸인 작은 뻘이 있었고, 바닷가의 둑에서는 사람들이 풀어놓은 소들이 풀을 뜯고 있었다. 상점 따위는 하나도 없는 마을이었다. 한나는 그곳에서 코펠을 꺼내 물을 끓이고 커피를 마셨다. 어촌 사람들은 아무도 한나에게 말을 걸지 않았지만 한 어린아이가 다가와서 한나에게 이렇게 말했다. 아줌마 머리카락이 참 예쁘군요. 그런데 끝에 불이 붙었어요. 타고 있군요.

커피를 끓이느라 코펠 위로 기울인 한나의 머리카락 끝이 빨갛게 타고 있었다. 곧 검은 머리카락이 누런빛으로 변하더니 재가 되어 모래 위로 떨어졌다. 한나는 커피를 마시면서 손으로 머리카락을 쓰다듬었다. 타버린 머리가 한 움큼이나 손가락 사이에서 끊어졌다.

서울로 돌아와 한나는 가위를 가져다가 욕실 거울 앞에서 머리카락을 잘랐다. 처음에는 조금만 자를 생각이었다. 타버린 부분만. 그런데 가위질을 하다 보니 그게 아니었다. 커다란 가위에 싹둑싹둑 잘려 나가는 자신의 머리카락을 보고 있는 것은, 살이 뭉텅이로 잘려 나가는 듯이 새삼스러운 고통이었다. 그때까지 한나에게 있어서 머리카락이란 미용실에서 아름답게 가꾸거나 세팅하는 장치였지 제거하기 위한 어떤 것은 아니었다. 스스로 자를 수 있다는 것도 생각해본 일이 없었다. 잘못 잘려져서 속상했던 적은 있었지만 머리카락을 자르는 것이 고통이 되어본 일도 없었다. 그리고 스스로에게 주는 그 고통을 스스로 통제할 수 없다는 것도 상상하지 못했던 일이었다. 그러나 한나는 고통을 되새김질하는 가위질을 멈출 수가 없었다. 싹둑, 싹둑, 싹둑. 가위질에 점점 가속도가 붙었다. 한나가 우스운 몰골이 되는 데는 그다지 긴 시간이 걸리지 않았다. 가위로 자를 수 있는 한 짧게 자르고 나서 한나는 면도날을 찾아 머리를 밀기 시작했다. 샤워숍을 머리에 잔뜩 바르고 거품을 낸 채 이제 한나의 감정에 불필요하게 된 털들을 밀어냈다.

한나의 욕실에는 극단적인 침묵과 극단적인 흰빛과 극단적인, 그러나 아직 인식되지 못한 미래의 절망이 지배하고 있었다. 시멘트가 드러난 벽은 흰 페인트로 두껍게 칠해져 있었고 바닥에는 흰 타일이 깔려 있었다. 높은 천장에서는 가끔 물방울이 떨어졌으며 갓 없는 전등은 창백했다. 극단적인 미니멀리즘의 배경이다. 털이 사라지고 없는 한나의 머리는 믿을 수 없을 만큼 왜소하고 쓸쓸해 보였다. 이제 당분간 한나의 머리칼 사이로 손가락을 넣고 묘한 암컷 모발의 냄새가 샴푸의 향기에 섞여 있는 느낌을 즐기려는 남자는 없을 것이다. 이제 당분간 한나의 머리카락을 잡고 그녀를 바닥에 쓰러뜨리며 강제를 행사하는 즐거움을 느끼려는 남자는 없을 것이다. 이제 당분간 짧고 건조한 교접 후 한나의 검은 머리카락에 뿌연 정액을 떨어뜨리고 싶어 하는 남자는 없을 것이다. 한나가 샤워를 마친 후 젖은 머리인 채 흰 원피스를 입고 저녁 거리를 걸어갈 때마다 서울의 보이지 않는 먼 곳까지 번져 나가 사람을 무기력하게 만드는 젖은 인모(人毛)의 냄새로 인해 한나에게 전화하게 될 남자는 이제 당분간 없을 것이다. 가정용 면도기만 가지고 머리의 털을 완전히 없애는 것은 쉬운 일은 아니다. 이제 한나는 자신이 세상을 향해서 성적인 메시지를 전달하는 도구를 버리고 있다는 것을 안다. 그리고 hair는 머리에만 있는 것이 아니다.

한나의 겨드랑이에서 짐승의 냄새가 난다고 표현한 사람이 있었다. 한나는 그것이 땀과 다른 분비물의 냄새 때문일 것이라고 짐작했다. 다른 여자들과 달리 한나는 겨드랑이를 면도한 적이 없기 때문이다. 한나는 욕실의 장을 뒤져 셰이빙 크림을 찾았다. 오랫동안 사용한 적이 없다. 흔들어준 다음에 면도하고자 하는 곳에 분무한다. 아주 조금만 방심해도 피가 나오게 마련이므로 조심스럽게 면도한다. 사실 겨드랑이는 굴곡이 많기 때문에 이런 방법으로 면도하는 것은 좋지 않다. 그리고 깨끗하게 해결되지도 않는다.

오래전 어느 날 밤에 한나는 머리 위에 꽂힌 핀을 풀기 위해서 두 팔을 위로 올렸었다. 남자는 깜짝 놀랐다. 한나가 겨드랑이를 면도하지 않았기 때문이다. 그런 여자는 처음 본다. 한나의 hair는 완벽한 검은색이었다. 열어놓은 창으로 젖은 버섯의 향기를 머금은 안개와 습기 찬 바람이 불어왔다. 유월이지만 더운 밤이었다. 한나의 몸은 한 시간 전에 바른 불가리 로션과 금방 만들어진 아주 얇은 층의 미끈거리는 땀으로 덮여 있었다. 다른 것은 아무것도 없었다. 불가리 로션의 향료와 한나의 분비물 냄새가 남자의 후각에 전해졌다. 남자는 타이를 풀다 말고 한나의 겨드랑이에 얼굴을 가져다 댔다. 그리고 말했다. 짐승의 냄새가 난다. 남자에게서는 약간의 자동차 엔진 냄새 말고는 아무것도 느껴지지 않았다. 남자는 한나가 어떤 순간에도 모멸감을 느끼지 않는다는 것을 잘 알고 있었다.

숨 막히는 여름, 한나는 속옷을 입지 않고 외출했다. 허리에 벨트가 달리고 스커트가 꽃처럼 아래로 활짝 퍼지는 원피스 차림이었다. 바람이 심하게 부는 날이었다면 한나가 속옷을 입지 않았다는 것을 다른 사람들이 눈치채었을 것이다. 그러나 바람이 불지 않았다. 한나는 천천히 걸었다. 간질 환자가 길가에 쓰러져 흰자위를 번득이면서 신음하고 있었다. 한나는 그 곁에서 한참을 망설이다가 아무것도 도와주지 못하고 그냥 떠났다. 지하철이 지나가는지 한나의 발밑이 둔하게 흔들렸다. 길가의 노점에서 어묵꼬치를 사먹으면서 한나는 잠깐 동안 현기증을 느꼈다.

몇 년 전에 한나는 흰 비키니를 입기 위해서 다리 사이의 hair를 면도한 적이 있었다. 그러나 그것과 이것은 다르다, 라고 한나는 생각하고 있었다. 성적인 심벌을 만들기 위해서 가슴에 문신하는 것과 죄인이 되어 세상과 결별하기 위해서 얼굴에 X자 문신을 하는 것과 같은 차이였다. 한나는 다리 사이의 hair를 용서 없이 면도했다. 어쩌면 상처가 생겼을지도 몰랐다.

한나가 흰 원피스를 입은 채 그 집 현관에 들어서자, 저물어 가는 한여름의 마지막 햇빛이 마루의 커다란 유리창을 통해 한 나의 몸에 투과해 들어왔다. 어디 있어요? 한나는 이층으로 통 하는 계단 아래에 서서 불렀다. 집 안은 냉담할 정도로 침묵하 고 있었다. 한나는 마루 위를 서성댔다. 저녁 햇빛이 한나의 원 피스를 따라 움직였다. 비록 아무도 없었지만 속옷을 입지 않 았기 때문에 한나는 본능적으로 몸을 움츠려 스커트 속의 hair 부분을 두 손으로 가렸다. 소파 위에는 읽다 만 듯한 신문이 펼 쳐져 있었고 불이 채 꺼지지 않은 담배가 가느다란 연기를 피 워 올리고 있었다.

누군가가 집 안 어디에선가 보이지 않는 곳에서 한나를 관찰 하고 있을 것이었다. 지친 한나가 소파에 앉으면 알지 못하는 그 목소리는 한나에게 두 다리를 벌린 채 테이블에 올려놓으라 고 명령할지도 몰랐다. 한나가 그렇게 하면 맞은편은 이윽고 저 물어가는 한여름의 정원이다. 나른한 잠과 뜨거운 공기의 숲과 그 숲을 멀리멀리 걸어가는 여행이 느껴진다. 해가 지고 있다. 지평선 가까이 내려와 지는 해는 불타는 접시처럼 크고 붉다. 그렇게 한나의 마음이 타고 있었다. 그러나 석양이 완전히 사라 져버릴 때까지 그곳엔 아무도 나타나지 않는다.

2 • 여자에게 왜 가슴이 있는 걸까

여자에게는 왜 가슴이 있을까. 이런 질문을 받은 적이 여러 번 있다.

그때는 뾰족한 대답을 하지 못했지만, 지금 생각해보면 원래 존재의 이유는 아마도 포유류의 한 종인 인간이기에 새끼에게 젖을 먹이기 위해서일 것이다. 물론 그런 질문을 던진 사람들이 기초적인 생물학 지식이 없어서 그런 의문을 가졌을 리는 없다. 지금 여자의 가슴을 오직 수유의 기능으로만 국한시키는 사람은 없을 것이다. 같은 포유류라도 사람과 다른 종은 그런 점에서 많이 다르다. 수유의 기능을 가진 젖가슴이 성적인 의미로 작용하는 종은 아마도 사람이 유일하지 않을까 생각한다. 원숭이나 얼룩말이 발정기가 되었다고 해서 수컷에게 젖가슴을 어

필한다는 이야기는 들어보지 못했다. 공부를 많이 한 사람들의 말에 따르면, 인간에게 가슴이 성적인 상징성을 띠게 된 것은 직립 보행이 이루어진 이후라고 한다.

온천이나 사우나에 가면 느끼는데 얼굴이나 성격이 제각각인 것처럼 가슴의 생김새도 천차만별이다. 그런데 묘하게도 얼굴의 생김새가 주는 인상과 가슴의 모양이 주는 이미지가 비슷하다는 것을 느낀다. 사춘기 소녀의 것은 모양도 훼손되지 않았을뿐더러 색도 예쁜 핑크빛이고, 이십대 여자의 것은 임신, 출산, 수유의 임무를 수행하기 위한 스탠바이 상태처럼 보인다. 만삭의 상태로 어린아이 하나쯤 데리고 온 여자 중에는 깜짝 놀랄 정도로 큰 가슴을 가진 여자도 있고 유두 부분이 접시만큼 큰 여자도 있다. 밥공기를 엎어놓은 것처럼 완벽한 반구형이 있는가 하면 살짝 처지기 시작한 것도 있다. 마지막으로, 드물긴 하지만 아프리카 여자처럼 늘어진 것도 있다. 나름대로 다 아름다운 몸이라고 생각한다. 그 가슴에 손을 대면 분명히 다 부드럽고 따뜻할 테니까 말이다.

오늘날에는 여자의 벗은 가슴이 희귀한 볼거리는 분명 아니다. 그 정도의 노출은 하드 포르노 필름을 볼 것도 없이 여기저기의 미디어에서 발에 차일 정도다. 한국 영화에서도 흔하다. 그럼에도 불구하고 젖가슴을 갖지 않은 반대의 성에게 여자의 가슴이 갖는 상징성은 결코 가볍지 않은 비중이다. 그것은 단지 성욕의 전초 단계뿐일 수도 있고, 다른 성에 대한 호기심일 수도 있고, 모성애에 대한 향수일 수도 있고, 고독감 때문에 체온을 나누고 싶기 때문일 수도 있고, 예술적인 감각으로 심미안을 즐기고 싶기 때문일 수도 있다. 혹은 그것이 언제나 감추어져 있어야 하는 부분이라는 인식이 젖가슴의 성적 의미를 증폭시켰을 수도 있다. 모든 여자들이 팔이나 무릎을 드러내놓듯이 가슴을 노출하고 다닌다고 상상해보라. 별로 에로틱하지 않다. 그러므로 젖가슴이 갖는 선정성은 인류에게 선험적인 것이 아니고 문화적인 유산이라고 볼 수도 있을 것이다.

오귀스트 르누아르의 그림을 보면 여자의 가슴은 그 자체가 햇빛이고 건강함이고 풍만한 행복이라고 느껴진다. 도대체 빈곤이나 번뇌나 슬픔이나 열등감 따위는 모르는 듯한 표정과 몸. 더 이상 그럴 수 없을 정도로 아름답고도 풍족한 가슴. 그중에서도 1882년에 그려진 〈금발의 나부상〉은 그 극치를 보여준다. 막 목욕을 끝낸 장밋빛 뺨과 입술, 황금빛 긴 머리카락이 온몸을 휘감고 허리까지 내려와 있다. 그 몸은 마치 우유로 만들어진 항아리 같다. 그토록 하얗고 아름다운 가슴은 너무나 넉넉하고 풍요로워서 세속적인 온갖 고뇌에서 자유롭다. 심지어는 성욕으로부터도. 그것은 아마 인간이 도달할 수 없는 경지일 것이다. 르누아르는 여자의 몸을 통해 이상향을 나타냈던 것으로 보인다.

존 스타인벡의 소설『분노의 포도』를 많은 사람들이 읽어보았을 것이다. 그 소설에는 로즈 오브 샤론이라는 여자가 등장한다. 그녀는 가난하고 배우지도 못한 여자다. 그리고 그녀의 가족도 마찬가지다. 가난한 농민이었던 그들은 땅을 빼앗기고 고임금을 준다는 달콤한 광고 전단에 속아 전 재산을 털어 고물 트럭을 산 다음 캘리포니아의 오렌지 농장으로 떠난다. 철없는 그녀의 남편은 여행 도중 낯선 곳에서의 불안한 시작을 견디지 못하고 만삭의 그녀를 두고 달아나버린다. 고생 끝에 그들은 캘리포니아의 드넓은 오렌지 농장에 도착한다. 그러나 그곳은 그들처럼 아메리카 각지에서 몰려온 가난한 이농자들로 들끓고 있었다. 너무 많은 사람들이 몰려들었기 때문에 임금은 터무니없이 쌌고 오갈 데 없는 그들은 그곳에 눌러앉아 일할 수밖에 없었다. 식료품 값은 비싸고 농장을 벗어날 길은 없다. 온 가족이 매달려 오렌지 농장 일을 해도 세 끼 밥 먹기가 빠듯하다. 거대 자본의 고리에 걸려들어 꼼짝할 수 없는 계층으로 형성된 것이다. 그런 노동자 캠프에서 로즈 오브 샤론은 아이를 낳지만 사산되고 만다. 그녀가 아이를 낳던 밤 노동자 캠프 주변에서 굶주림으로 죽어가는 남자가 발견된다. 죽은 아이를 낳은 다음 로즈 오브 샤론은 그 죽어가는 부랑자에게 모유를 짜서 먹인다. 사람들의 기억에 남는 부분이다. 성적인 호기심이나 르누아르적인 풍만한 몽환의 파라다이스를 초월하는 이타적인 상징의 가슴이다. 앞의 것 못지않게 아름답고 오래 기억된다.

3 • 소마가 필요하신가요?

올더스 헉슬리의 소설 『멋진 신세계』에는 알파부터 엡실론까지의 다섯 계층의 카스트가 등장한다. 물론 고대 인도가 아닌 미래 세계의 이야기다. 알파와 베타는 상류 계층이고 나머지 세 계층은 하류층이라고 할 수 있는데, 각각의 계층은 고대나 오늘날에도 남아 있는 카스트와는 다르게 자신의 카스트에 만족하게 되어 있다. 예를 들자면 베타 계층은 '나는 알파가 아니라서 다행이야. 알파는 머리도 좋고 능력도 있지만 많은 공부를 해야 하고 완벽해야 한다. 나는 그렇게까지 하지 않아도 되니 내가 알파가 아닌 것이 정말 다행이지. 감마는 정말 싫어. 조그맣고 까맣지. 내가 델타가 아닌 것이 정말 다행이야. 나는 델타 애들과는 놀기 싫어. 엡실론은 정말 싫다. 그 애들은 바보야. 읽지도 못하고 쓰지도 못해. 나는 베타라서 행복해'라는 식으로 생각하도록 파블로프식의 조건반사 교육을 받는 것이다. 요즈음 용어로 말하자면 생태 환경과 교육을 통해서 프로그래밍되는 것이다. 카스트를 구분 짓는 것은, 단지 지능이나 능력뿐만 아니라 육체적인 특징이나 우월성도 포함된다. 하층 계급은 작고 왜소하고 개성이 없는 게 특징이다. 감마 이하의 계층은 보카노프스키식이라고 하여 하나의 난자와 정자의 결합으로 일란성 쌍생아 수십 쌍을 대량 생산할 수 있다. 이렇게 만들어진 표준형 남녀의 균등한 집단은 사회 안전을 유지하는 중요한 수단이 된다. 아흔여섯 쌍의 일란성 쌍생아들이 아흔여섯 개의 동일한 기계를 조작하는 것이다. 그것은 작업의 일관성과 통일성과 효율성을 높이는 데 효과가 크다.

버나드라는 인물은 자신이 알파임에도 불구하고 수정란 상태에서의 결함 때문에 왜소한 체구를 가지게 되어 콤플렉스에 시달린다. 하층 계급은 수정란에 알코올을 주입하는 방법으로 체구를 왜소하게 만들고 산소를 충분히 공급하지 않는 것으로 지능이 떨어지게 만드는데 알파 계급인 버나드의 생성 과정에 오류가 생겨난 것이다.

눈치 빠른 독자라면 금방 알 수 있겠지만 이 글에서 말하는 우월한 신체의 특징이란 서구 백인들의 표준형이다. 주인공 존은 한 회사에서 일하는 획일적 쌍둥이인 델타들의 집단을 보고 마치 구더기 같다고 생각한다. 작고 못생기고 머리도 지독하게 나쁘다. 헉슬리의 시대에는 오늘날의 컴퓨터나 인터넷처럼 우생학이 인기였고 유행이었다. 취미로 생물학을 연구하거나 책을 쓰는 사람들도 있었다. 지성적인 많은 사람들이 그 매력에 빠져들어 화제를 만들었다. 부적격자나 정신박약아들에게 (『멋진 신세계』에서 그들은 엡실론 중에서도 낮은 계층에 속한다) 피임 시술을 하는 소극적 우생학이나, 육체적으로 부적격자이고 인종적으로 바람직하지 않은 사람들을 '살균'이라는 이름으로 제거해버리는 나치의 인종 개량과 유전자 조작, 의도된 우생학적 교배를 통해 미시적인 가족 단위의 사회를 개혁하려는 이상적인 일단의 생물학자들까지 등장했다. 나치가 전쟁에 지지 않았더라면 더욱더 광범위한 투자가 이루어져 브레이크 없이 발전했을지도 모른다. 어쩌면 더 행복해졌을지도? 우리의 외모는 더 근사해지고, 힘들여 아이를 낳거나 병으로 고생하는 일이 줄어들었을 것이고, 사람들은 원시적인 가족 관계 때문에 평생 애증에 시달리면서 살지 않을 것이고, 원시시대 이후 진화되지 않고 사회악의 많은 부분에서 근원이 된 가족 관계의 개념도 혁명적인 변화를 겪었을지도 모른다. 길을 가다가 거지나 병자나 범죄자를 만나 불쾌감이나 죄의식에 시달리지 않아도 되며, 노화의 속도도 훨씬 더딜 수 있을 텐데. 만일 유전자가 조작된 아기였다면.

건강하고 매력적이며 남보다 우월한 몸과 마음을 원하지 않는 사람은 없다. 그런데 우생학과 정치가 손을 잡으면 어떤 일이 벌어질까. 유전학적 엘리트 집단에 의해서 지배를 받을 것이다. 물론 우생학과 돈이 손을 잡을 수도 있다. 가끔 길을 걷다가 한국말을 쓰는 저 애, 동양계 맞아? 하고 뒤를 돌아보는 경우가 있다. 180센티미터를 훌쩍 넘는 키, 건강하게 균형 잡혀 있어 도리어 이질감을 느끼게 하는 몸매, 서구인을 연상시키는 이목구비, 자질구레한 감정 따위는 신경 쓰지 않는다는 듯한 쿨한 표정과 태도. 단신도 아니고 근시도 비만도 아니고 여드름도 나지 않고 나이 들어도 대머리가 되지도 않는다. 누구나 아이를 낳는다면 저런 아이를 낳고 싶을 것이다. 부모의 유전자에서 부적격한 요소를 제거시키고, 필요하다면 노벨 물리학상이나 경제학상 수상자의 정자를 인공 수정해서. 머리가 좋은 것은 물론이고 건강을 보장받는다. 돈? 엄청나게 많이 들 것이다. 그러나 그렇게 해서 태어난 아이들의 미래는 거칠 것이 없을 것이다. 패배하거나 비굴해질 일도 없을 것이다. 할 수만 있다면 누구나 선택하고 싶을 것이다. 인간을 복제하는 것도 아니고 인간과 말을 결합시켜 노동력이 강한 순종형의 노동자 계층을 만들어내려는 것도 아니니 도덕적으로도 떳떳하다. 사회 개량의 꿈을 가진 순진한 우생학자들의 이상은 반세기도 전에 무너졌지만 단순한 상품으로서의 우생학은 가능성이 무궁하다. 그러나 그럴 만한 돈이 없는 사람들은? 그런 사람들을 위해서 오래전에 헉슬리가 준비해놓은 것이 있다. 바로 '소마'라는 것인데 그것 역시 생물학의 성과다. 위험하고 부작용이 있는 모르핀이나 코카인과는 달리 완전무결한 약이다. 1시시의 소마가 열 가지 우울을 치료해준다. 1그램의 소마가 당신을 행복하게 한다. 그러므로 미래에 우생학의 천국이 온다 해도 당신이 유전적 엘리트가 아니라는 이유로 우울해할 일은 없을 것이다.

4 • 비만을 두려워하는 이유

살이 찌면 안 된다. 식욕이 언제나 왕성한 사람에게는 참 슬
픈 일이지만, 그렇다. 한때는 여자들만의 관심사이기도 했지만
이제는 아니다. 한때는 과도한 체중의 사람들에게만 해당되는
말이었으나 지금은 아니다. 다이어트에 관한 온갖 정보와 광고
의 홍수 속에서 모두들 살을 빼지 않으면 안 된다는 강박증에
시달리고 있다. 마치 주식 투자를 하지 않으면 혼자만 경제적
으로 퇴보하는 것처럼 느껴지거나, 인터넷을 하지 않고 있으면
혼자만 바보가 되는 것처럼 느끼는 것과 같다. 식당에 가서 밥
한 공기를 다 비우면 사람들이 이상한 눈으로 쳐다보면서 "당
신은 다이어트 안 하느냐?"며 묻는다. 다이어트에 관해서 들은
대로 쓰라고 한다면 다들 책 한 권 정도는 쓸 수 있을 것이다.

원푸드 다이어트, 반창고 다이어트, 반지 다이어트, 황제 다이어트, 아로마 다이어트 등 흔히 상식적으로 생각되는 '안 먹고 운동하기' 외에도 다양한 다이어트 형태들이 개발되어 종교처럼 전파되었다. 현재 사람들을 지배하고 있는 가치관 중에서 경제에 관한 것을 제외한다면 상당히 압도적인 비중을 차지하리라고 생각된다. 이런 상황에서 살이 잘 찌는 체질인 데다가 움직이기 싫어하는 성격까지 겸비한 사람이라면 아무리 초연하고 싶어도 신경이 쓰이는 것은 사실이다. 의사들이 정의 내리는 비만은 아닐지라도 분명히 살이 찐 것은 맞다. 살이 잡히지 않는가. 여자들의 경우 (신장 − 100)×0.9라는 표준 체형의 고전적인 수치를 믿고 있으면 엄청난 낭패를 느끼게 된다. 지금은 믿는 사람도 없겠지만.

한때 다이어트는 건강과 미용이었을 것이다. 날씬하고 가냘픈 여자가 되고 싶은 욕망도 있었을 것이다. 살이 찐 것보다는 날씬한 것이 보기에 더 좋기는 하다. 그런데 이제 사람들은 비만을 참지 못한다. 〈가타카〉라는 영화를 보면 미래 세계의 모습이 나오는데 물론 유전자 조작으로 태어난 우생학적 인간들이 등장한다. 그곳에 나오는 열등 인간의 징후는 근시와 선천성 장애, 지능 미달 등이다. 나는 거기에 하나를 더 추가시킬 수 있다고 생각한다. 그것은 비만이다. 어쩌면 미래 세계에서는 끽연이 더 추가될 수도 있다. 비만은 경제적 빈곤의 상징이고 나태함의 상징이며 자제심이 부족한 결과이고 일종의 장애이며 소아암이나 척추만곡처럼 치료되어야 할 병이고 핸디캡이다. 모든 사람들이 살갗 밑에 있는 지방을 극도로 혐오하는 증후군으로 극도로 치닫는다면 비만은 상대편에게 불쾌와 혐오를 주는 범죄가 될지도 모르겠다. 이 말이 지나치다고 생각하는 사람도 있을 것이다. 하지만 신장 165센티미터에 45킬로그램의 몸무게를 가지고 있음에도 불구하고 주기적으로 다이어트를 하는 여자를 알고 있다면 그녀에게 물어보라. 그녀가 솔직한 성격의 소유자라면 말할 것이다.

"나는 군살이 찌는 것을 참을 수 없다. 내 허벅지는 너무 굵어 고민스럽다. 어떤 사람이 다이어트에 실패한다면 그는 의지박약한 자이다. 솔직히 말하면 나는 내 몸에 끼는 지방도 싫지만 그런 것에 무신경한 사람들을 더 증오한다. 그런 사람들과는 잠자리도 같이 하고 싶지 않고 단순한 친구로 지내기도 싫다. 내가 뚱뚱한 여자 친구와 우정을 나눈다면, 사람들은 나도 그런 여자애로 간주해버릴 것이다. 말을 더듬는다거나 센스도 없고 남자 친구도 없는 그런 애 말이다. 그런 애들이 갈 곳은 한 군데밖에 없다. 아무런 데커레이션이 없는 계층이다. 나는 그렇게 되기는 싫다."

그 여자의 말에 대해서 페미니스트들은 여자를 성적인 대상으로만 파악하는 남성 중심의 사고방식이 낳은 결과라고 할지

도 모른다. 또는 매스컴이 만들어놓은 미남미녀 모델의 부작용
이라고 할 수도 있다. 하지만 그건 너무 상투적이다. 다 아는 뻔
한 결론 아닌가. 다이어트 라이프에 자신의 바이오 스케줄을
맞추고 있는 날씬한 여자는 살에 둔감하거나 감량하지 못하고
있는 애들을 보면 이해하지 못한다. 마치 서울대를 나온 사람
이 서울대를 나오지 못한 사람을 도무지 이해할 수 없는 것과
같은 이치다.

재미있는 것은 과거 절대빈곤의 시절과는 반대로 비만이 경
제적인 열등의 상징이 되어버렸다는 것이다. 부자도 살이 찔 수
있다. 그러나 그들은 살을 빼기가 더 쉽다. 이제 다이어트는 모
든 과학이 총동원되는 하나의 서비스 산업이 되어 있어서 돈만
있으면 누구나 혜택을 누릴 수 있다. 아름다움을 돈으로 산다
는 것이 아주 틀린 것은 아니게 되었다. 거기다가 건전한 심성과
아름다운 마음조차도 오염되지 않은 환경에서 최고의 교육으로
양육된다면 가능할 것이다. 비만도가 계층의 문제로 인식되고
있는 것이다. 이제 사람들은 그것을 느낀다. 그래서 더욱 다이
어트에 집착하거나 시도해야 한다는 강박증에 시달리고 있을지
도 모른다. 살이 찐 상태로 방치한다면 데커레이션이 없는 계층
임을 인정하는 것이기 때문이다. 과도한 스트레스를 받거나 주
말을 같이 보낼 친구가 없어 외로우면 더욱 많이 먹게 된다. 텔
레비전 앞에 길게 누워 드라마나 보게 된다. 인생에서 사건이 일

어나지 않으면 긴장도 이완되고 피부도 마음처럼 느슨해진다. 이런 자기 인생을 그대로 인정하지 않으려면 살이 찌면 안 된다. 비만을 두려워하는 이유는 미적인 감각 때문만이 아니다. 처음에는 그런 이유로 시작되었겠지만 이제 다르다. 사회는 마치 유기체처럼 예상하지 못했던 종양과 같은 신종 세포를 만들어내고 있는 모양이다.

5 • 트리거 포인트(Trigger point)

여자의 발에 집착하는 남자가 있었다. 과거 중국에서는 여자의 작은 발에 최고의 성적 의미를 부여해서 사회 전체가 여자의 작은 발에 집착하는 페티시즘의 극치를 보여주기도 했다지만, 이 사람이 집착하는 것은 어디까지나 심히 개인적인 차원의 일이다. 그의 페티시즘은 여자의 통통한 발등이었다. 그의 이러한 심리 반응의 기원이 어디에서부터 왔는지는 모르겠지만 남몰래 심각한 것이었다. 당시 그의 여자 친구의 발등은 통통하지도 않았고 유난히 어여쁘지도 않았다. 그냥 평범한 발이었다. 한번은 그가 고백한 일이 있다. 그는 여자 친구의 모든 것을 좋아하고 마음에 들어 한다. 그녀의 발은— 그녀의 발이 특별히 아름답지 않은 것은 아니라고 그는 강조했다—그녀의 아주 사소한 일부분일 뿐이다. 그녀는 얼굴도 예쁘고 마음도 착하고 상냥하고 집안도 머리도 좋다. 그리고 그를 좋아하고 있다. 이만하면 완벽한 상황이 아닌가. 그런데 그는 그녀를 안고 있으면 뭔가 기억하지 못하고 있는 것처럼 불편하고 완벽하지 못하다는 허전함을 지울 수가 없다고 했다. 그 이유에 대해서 한참을 고민했지만 역시 결론은 하나밖에 없었다. 그녀의 발, 그것이 문제였던 것이다. 그가 완전한 검정을 이루지 못하는 심각한 이유가 단지 그녀의 발이라면 그녀에게 말할 수도 없지만 그 자신도 인정하기 힘든 문제였다고 한다. 그렇다면 만일 너에게 다른 여자 친구가 생겼는데 새로운 여자 친구의 발등이 네가 원하는 완벽한 모양으로 되어 있고 반면에 다른 모든 것이 지금의 여자 친구에게 뒤진다면 너는 새로운 여자 친구를 선택할 수 있느냐고 했더니 잠시 생각해본 뒤 그것은 잘 모르겠다고 했다. 하지만 지금의 여자 친구를 오랫동안 사귀어왔고 큰 변동이 없는 이상 결혼까지 생각하고 있는데 도무지 발등이 마음에 걸린다는 것이다. 이런 것 때문에 그녀와의 오랜 애정을 끝낸다는 것은 그도 말도 안 되는 일이라고 생각하고 있었다. 그러나 그 결핍감은 상당히 오랜 기간 동안 그를 괴롭힐 것이 틀림없었다.

그의 여자 친구 입장에서 이런 사실을 안다면 아마 화가 날 것이다. 남자로서 그는 그다지 외모가 출중한 편에 속하지는 않

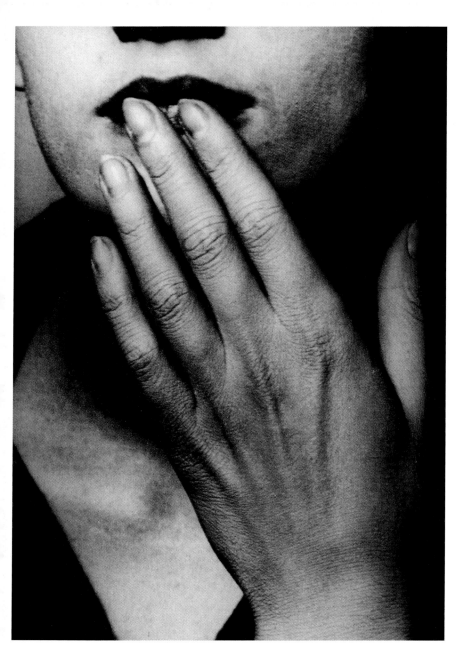

기 때문이다. 키도 작고 안경을 쓴 데다가 좀 말랐다. 그녀는 그의 외모가 100퍼센트 완벽해서 그를 좋아하는 것은 물론 아닐 것이다. 그는 잘생기지 않았어. 하지만 내 눈에는 완벽해 보인다. 그런 식일 것이다. 그가 가지고 있는 어떤 심리적인 트리거 포인트가 그녀에게는 없는 것이다. 펄 벅의 소설『대지』에 보면 왕룽이 그의 아내 오란에게 화를 내는 것이 나온다. 오란이 발에 전족을 하지 않은 것에 대해서 불만인 것이다. 그것은 물론 오란의 잘못은 아니다. 그러나 이런 식으로 전 사회적으로 공인되고 공통된 페티시즘에 지배당하는 것은 과거의 일이고 전제적인 문화에서나 가능한 일이었다. 다양한 문화와 거의 극단적인 개인주의 취향이 판치는 지금, 상대편이 어떤 종류의 억압을 갖고 있는지 우리는 알기 어렵다. 누구나 예쁜 여자, 잘생긴 남자에게 애정을 품는다. 그러나 이런 객관화된 사실 이외의 비밀스러운 트리거 포인트가 있는 경우도 의외로 많이 있다. 나는 발등이 예쁜 여자가 좋다, 라고 친구에게 말하기는 쉽지만 나는 너의 발등이 내가 원하는 모양이 아니기 때문에 너와 궁극적인 관계를 갖기는 정말 힘들겠다, 라고 상대편에게 납득시키는 것은 쉽지 않을 것이다. 전자가 단지 개인적인 기호의 차원이라면 후자는 트리거 포인트의 문제다.

여자들에게도 물론 이런 경향이 있다. 대개의 경우 처음 사람을 만나게 되면 그곳을 보게 된다. 자신만이 느끼는 트리거 포인트 말이다. 어떤 여자는 구두를 보고 어떤 여자는 눈썹을 보고 어떤 여자는 콧구멍을 본다. 엄지손가락에 집착하는 여자 얘기를 들은 적도 있다. 그런가 하면 목소리의 칼칼함이나 허스키, 남자의 가르마의 형태, 짧게 자른 머리의 뒤통수, 예의 바른 행동이나 혹은 와일드하고 불량스러운 태도에 매혹을 느끼기도 한다. 두 가지는 상반된 것이지만 매혹당하는 여자의 반응은 같다.

트리거 포인트는, 그러나 부정적인 역할을 하는 경우도 많다. 앞에 말한 경우가 그 예일 것이다. 내면의 깊은 곳에 가라앉아 있어서 처음에 이성을 사귈 때 잘 발휘되지 않을 수도 있고 스스로 인정하기에 너무 근거 없는 것이라 의도적으로 무시하다가 마지막에 그 심각성을 깨닫는 것이다. 이미 오래 알고 지내서 마음도 통하고 애정도 있는 상대편 이성에 대해서 결정적인 마이너스 작용을 하는 것이다. 심지어 결혼을 하고 애를 낳고 살아도 마찬가지일 것이다.

나는 정도의 차이가 있겠지만 대개의 경우 사람들이 자기만의 트리거 포인트를 갖고 있을 것이라 생각한다. 가까이에 있는 사람과 어느 결정적인 한 발짝의 거리가 좁혀지지 않는다면 아마도 트리거 포인트의 부정적인 작용일 가능성이 높다. 그리고 도저히 남들이 이해하지 못하는, 어울리지 않는 커플이 있다면 그들에게는 남다른 트리거 포인트가 적극적으로 작용했

을 가능성이 높다. 물론 두루뭉술 원만한 성격이라 자기에게
심리적인 기재 같은 것은 별로 중요하지 않다고 믿는 사람들이
라면 이름도 생소한 트리거 포인트 따위는 아무래도 좋겠지만
말이다.

6 • 네이키드 라이프(Naked Life)

집 안에서 완전히 벗고 지낸다는 사람이 가끔 있다. 이유는 여러 가지다. 단순히 더워서, 잠옷이 없고 트레이닝복은 입기 싫어서, 오며 가며 거울을 보며 혼자 흡족해하는 자아도취 증세가 있어서, 뭔가 거치적거리는 것을 참을 수 없어서, 옷 찾아 입고 하는 것이 귀찮아서, 자기 집 안에서만은 완벽한 자유를 누리고 싶어서. 그런 사람들의 공통점은 주로 혼자 생활한다는 것, 독립적인 생활을 선호한다는 것, 기호와 취향이 자유주의자라는 것 등이다.

그런 사람들 중의 한 명이 이런 말을 했다. 그는 음악을 상당히 좋아했다. 하루라도 음악이 없는 생활은 견디지 못한다는 것이다. 전문가까지는 가지 않더라도 자기 생활의 모든 장면에

BGM(back ground music)이 없는 것을 상상하지 못했다. 그런 그가 깨달은 것이 있다. 뭐냐 하면, 옷을 하나도 입지 않고 음악을 듣는 것과 뭔가를 걸치고 듣는 것과는 차이가 있다는 것이다. 그도 옷을 거의 벗고 생활하는 편이었는데 그런 생활이 오래 계속되다 보니 저도 모르게 깨닫게 된 것이라고 했다. 특히 재즈와 심포니의 경우가 심하다고 했다. 그러다 보니 집으로 돌아와 음악을 틀기가 무섭게 옷부터 벗어 던지는 상황이 됐다는 것이다. 음악은 귀로만 듣는 것이 아니다. 납득할 수 있는 말이다. 청각만이 아닐 것이다. 옷을 벗고 생활한다는 것은 감각을 받아들이는 훈련을 하는 것이다. 옷이란 계급이고 사회적인 역할이고 빈부의 상징이고 집단 속에 스스로를 통제시킨다. 그런가 하면 나약한 사람들에게 자신감을 심어주거나 다른 부류의 사람들에게 폭력을 행사하거나 근거 없는 우월감을 주기도 하는 것이 옷이다. 옷은, 의식구조가 실체보다는 역할에 충실하도록 만든다.

맨발로 야외에 나가서 흙 위를 걷는 것은 위험하다. 상처가 있다면 파상풍의 위험이 있고 출혈열에 감염될 확률도 있다. 뱀에 물리거나 유리 조각에 발이 베일 염려도 무시하지 못한다. 우리의 집 밖 세상은 너무나 위험스럽다. 공기는 오염되어 있고 식품에서는 환경 호르몬이 검출되고 야채에는 농약이 묻었고 양식된 생선은 항생제를 너무 많이 먹였고 수돗물을 그냥 먹는다는 것은 상상도 하지 못하고 방부제를 너무 많이 섭취해서 이제 사람은 죽어도 썩지 않는다는 개그까지 등장한다. 싫증나는 세상이다. 오염되었기 때문에 싫증나는 것이 아니라 사람들이 너무 겁이 많아졌다. 그래서 한 톨의 먼지에도 오염되지 않기 위해 그렇게 살다가 우울증으로 자살한다. 집에서 옷을 벗고 있다가 무심코 열린 창문 앞을 지나가는데 앞집 사람과 눈이 마주쳐버리면 어떻게 하느냐고 항변하는 사람이 있었다. 뭘 어떻게 하나. 인사하면 되지. 푸른 잔디가 깔린 드넓은 정원을 가진 집에서 사는 부자를 제외하고는 누구에게나 있을 수 있는 일이 아닌가. 옷을 벗고 음악을 들으나 입고 들으나 그 차이를 잘 모르겠다는 사람은 상관없지만 네이키드 라이프는 중독이다. 습관이 되면 옷을 벗지 않고서는 릴랙스한 기분을 완전히 탐닉할 수가 없다. 아주 사소하고 개인적인 휴식의 한 형태로 사람들에게 권하고 싶다.

우리나라에는 누드 해변이 없다. 적어도 나는 그런 것으로 알고 있다. 문화가 사회 전통으로 계승되고 교육되는 것인지 아니면 핏줄로 유전되는 것인지 잘 알 수는 없지만, 그 장벽은 상당히 높아 초고속 인터넷 시대에도 누드 해변이나 스윙 혹은 스와핑이나 동성애같이 전혀 폭력적이지 않은 생의 선택 사항이 살인이나 강간처럼 파렴치한 행동으로 인식되고 있는 것은 신기한 일이다. 또 하나, 지독한 전통에 대한 역작용으로 과도

한 성적인 관심사가 반체제적인 것으로 추앙받고 있는 것이다. 그래서 네이키드 라이프, 하면 사람들은 당장에 오, 또 저항을 빙자한 상업주의군, 하고 생각할 것이 뻔하다. 옷을 벗고 지내는 것이 편하다, 라고 이렇게 지면에서 말하게 되면, 그래? '제도 밖의 성행위' 지지자로군, 하고 생각하게 된다.

사람들은 제도권 안의 사고방식의 사람들이든지 아웃사이더를 자처하는 사람들이든지 모두가 다 광적으로 섹스에 중독되어 있다. 해야 한다, 말아야 한다, 건전해야 한다, 음란해야 한다, 나는 이렇게 했다, 너는 어떻게 했니, 너는 그만큼 노골적이니, 나는 그보다 더 해 보이겠어 등등 참 싫증나는 일이다. 그것 말고도 인간과 인간 사이에는 얼마나 많은 이야기와 의사소통이 존재하는가. 단 한 번의 인사에도 얼마나 많은 인상이 있는가.

상상력이 없는 사람과 이야기하는 것은 참 많이 피곤하다. 상상력이 없는 사회도 마찬가지다.

7 • 어둠 속의 목소리

오랜 시간 동안 목소리로만 알아오던 사람을 실제로 만나게
되었을 때 막연히 예상하고 있던 모습과 너무 다른 나머지 깜
짝 놀란 적이 있다. 이 사람은 목소리가 허스키하고 낮으니까
아마도 거무스름한 인상의 터프가이 스타일일 거야, 군더더기
설명을 덧붙이는 것을 싫어하고 같은 말을 반복하지 않으니 합
리적인 성격이겠지. 하지만 좀 냉정할 거야. 감정적이 되는 것
을 낭비라고 생각하고 부끄러워하겠지. 말투에서 은근히 자기
를 과시하는 스타일이니 자만심에 상처 입는 것이 경제적인 손
실보다도 더 두렵겠지. 와이셔츠는 흰 것을 입을 거야. 의외로
대범한 구석이 있고 참을성이 강한 듯하니 아마 끽연자일 가능
성이 높다. 그러나 체질상 약물에 강해 보이지 않으니 헤비 스

모커는 아닐 것이다. 대화 중에 무의식적으로 전문 용어인 외국어를 사용하고 있다. 시사 문제에 대한 의견을 말할 때 양적인 공익 개념보다 우선순위를 염두에 둔 발언에 비중을 두고 있으니 그는 그 자신도 의식하지 못하는 엘리트 의식에 잠식당해 있을 것이다. 어미를 단정적으로 발음하고 새로운 용어나 유행하는 화법을 알고는 있으나 쓰지 않으니 호기심이 강하지만 자제력도 강하다. 구강 구조는 그다지 크지 않을 것이다. 이목구비는 두드러지지는 않지만 잘 조화를 이루고 있을 것이다. 말투에 사투리가 전혀 느껴지지 않으니 서울에서 태어나고 자랐을 것이다. 뚜렷한 이유는 알 수 없지만 이 사람의 목소리에서는 완벽한 솔직함은 느껴지지 않는다. 어쩌면 이 사람은 가까운 친구들에게는 이중인격자로 인식되고 있을지도 모른다. 그렇다면 혈액형은 AB형이나 A형이다. 대학 교육을 받았을 가능성이 아주 높다. 경제적인 문제에 대해서는, 아주 부유하거나 아니면 빚더미에 올라앉아서 파산 직전에 있을 것이다. 돈에 별로 신경 쓰고 있지 않는 듯한 노골적인 말투가 그렇다.

내가 이렇게 말하면 내 친구들은 겨우 목소리 하나를 가지고 소설을 쓰고 있다고 생각한다. 그렇다. 그건 소설이었다. 내가 그러다가 그 목소리의 주인공을 실제로 만나게 되었을 때 나의 예상과 다른 것이 너무 많았기 때문이다. 그럼에도 불구하고 나는 한동안 내가 만들어낸 그 목소리의 인상에서 벗어나지 못했었다. 목소리와 말투. 아주 드라마틱하고 그러면서도 마디마디에 카리스마가 느껴지고 상대의 신경을 한순간도 놓아주지 않는 그런 목소리. 그런데 정말 위대한 사람이 빈약한 목소리를 가졌다면 아마 실망할 것이다. 어쩌면 그 인간의 실체보다도 목소리가 주는 인상에 더 집착하는지도 모른다. 한심한 태도라는 것은 잘 안다. 그러나 어디 인간이 일생 동안 모범 답안만 쓰다 갈 수가 있는가. 상상력을 삶의 주요한 도구로 삼고 있는 사람들은 더욱 그렇다. 자기 자신이 만든 이미지의 최면에서 쉽게 놓여나지 못한다. 표면적으로 이 세상은 참으로 드라이하고 효율적인 목표를 지향하고 있다. 아무리 낭만적인 향수 광고와 영화 필름에 열광하는 사람도 현실에서 가난한 상대와는 결혼을 고려하지 않고, 가난한 소녀가 잘생기고 부유한 남자와 진실한 사랑을 나누게 되는(이것이 중요하다. 대중의 신분 상승에 대한 대리 만족의 욕구를 '진실한'이라는 형용사로 위장하고 있다) 신데렐라 타입의 만화와 드라마가 인기 있어도 현실에서 정말 예쁜 여자아이는 공장에 다니지 않는다는 것을 다 안다. 그러므로 자기 자신이 만든 '이 세상'이라는 소설의 이미지를 훼손하지 않으려면 우선 세상과의 현실적인 접촉을 최소화해야 한다. 그리고 전화로 목소리를 알고 있는 사람에 관해서 글을 쓰면 된다. 그 사람의 성장 과정, 부모의 직업, 학교 다닐 때의 성적, 친구들의 성격, 혈액형과 별자리, 좋아하는 취향의 여자(혹은 남자), 정치적 견해, 그리고 앞날에 일어날 일들.

　불만과 상상력은 비례한다고 볼 수가 있다. 소설가라는 직업은 정말로 재미없고 죽을 정도로 권태로운 인생을 사는 사람들에게 맞는 것일 수도 있다. 쓰는 것이 사는 것보다 더 즐겁다! 어둠 속의 목소리를 상상하는 것이 실제로 그 사람을 만나 손을 잡는 것보다 더 짜릿하다! 이런 취미는 공식적인 사회에 대한 반작용일 수 있다. 그러나 반사회적인 일은 아니니 시도해보는 것도 좋을 것이다.

Chapter 2

욕망은 기호일 뿐이다

1 • 관음증에 관하여

가난하고 배운 것이 없는 남자가 눈부시게 아름답고 하늘처럼 고귀한 여자가 목욕하는 것을 훔쳐본다. 우리가 모두 알고 있는 선녀와 나무꾼의 시작, 관음증에 관한 오래된 이야기다.

대개의 경우 타인의 은밀하고 사적인 영역을 몰래 관찰하는 관음증은 남자가 주체로 작용하고 여자의 몸이 대상으로 작용하는 경우가 많다. 때로 대상이 되는 여자는 어디선가 자신을 지켜보고 있는 남자가 있다는 것을 알 수도 있다. 그런 경우 관음증은 지켜보는 사람만이 아니라 대상이 되는 사람에게도 피학적인 엑스터시를 제공하기도 한다. 물론 일반적인 이야기는 아니다. 강화도로 가는 국도변에 있는 XX모텔은 욕실의 벽이 반투명의 유리로 되어 있다. 방 안의 침대에 누우면 변기와 욕조가 보인다. 반투명 유리의 어지러운 무늬 사이로 샤워하는 모습, 변기에 앉아서 오줌을 누는 모습 등을 지켜볼 수 있다. 인간의 은밀한 욕망이 만들어낸 수요를 충족시켜주는 한 예다. 영화에서도 심심하지 않게 등장하고 마치 몰래 촬영한 듯이 연출한 비디오테이프도 있고 때로는 일부러 자신들의 성행위 장면을 인터넷에 중계하는 커플도 있다. 관음증은 이제 '본다'는 행위뿐이 아니고 '보여준다'는 행위까지도 쾌락의 영역으로 확대시켰다.

'몸'이라는 것에 대해서 무의식중에 죄의식을 갖는 문화를 우리는 물려받았다. 나무꾼에게 누드를 보인 선녀는 그 신분의 차이에도 불구하고 그와 결혼해야 하는 형벌을 받는다. 현재에 와서도 은밀하게 보기를 원하는 욕구가 있다는 것에 대해서 대부분의 사람들은 공식적으로는 인정하지 않는다. 그러나 현실에서 몸은 이제 상품화의 극단으로 갈 데까지 가서 여자의 가슴이나 엉덩이 따위는 마음만 먹으면 얼마든지 볼 수가 있다. 별로 신기할 것도 없는 자극이 된 것이다. 그러나 의외의 장소에서 예상하지 못한 인물이 연출되지 않은 표정을 보내면 흔들리는 것이 인간의 감수성이다. 어쩌면 생각보다 많은 사람들이 그런 흔들림을 겪고 싶어 할지도 모른다. 단지 허용된 것을 보는 것이 아니라 용도 변경된 시각으로 은밀히 보는 것. 그것은 단순한 성적 자극이 아니라 그 모든 것을 포함하는 감동일지도 모른다. 진정 에로틱하다는 것은 마음이 아프다는 것과도 상통하는 면이 있다. 그것은 서로에 대한 신뢰, 약속, 우정, 건강한 미소, 너만을 사랑하리라는 맹세, 그런 것들에 대한 배반에서 얻을 수 있는 것이기 때문이다. 에로틱한 것은 충격 효과를 가진다. 그것은 대상이나 방법에서 비일상적인 의외성을 반드시 필요로 한다. 그리고 그것은 일회적이고 찰나적이다. 의외로 우리에게 볼 수 있도록 허용된 것은 많지 않다. 예를 들어서 남자와 여자가 교외로 드라이브를 갔다. 날은 밤이 깊어 어두웠다. 차를 세우고 내리니 사방이 풀벌레 소리만 요란한 들판이었다. 그때 남자가 여자에게 화장실에 다녀오라고 말한다. 화장실? 그런 것은 아무 데도 없다. 그리고 여자가 화장실에 가고 싶다고 먼저 말한 것도 아니다. 여자는 좀 이상하게 생각한다. 사방 어디를 둘러보아도 몸을 가릴 만한 바위나 키 큰 수풀이나 군인들이 파놓은 참호나 헛간 따위도 없다. 여자는 가능한 한 차에서 멀리 걸어간다. 그러나 보이지 않는 곳까지 간다는 것은 불가능하다. 여자는 한숨을 쉬고 원피스를 걷어 올리고 속옷을 내린 후 웅크리고 앉는다. 그때 여자에게 이런 생각이 든다. '그는 보고 싶어 하는 것일지도 몰라.' 여자는 남자가 차 안에서 자신을 지켜보고 있는 동안 부끄러워해야 하는지, 당황해야 하는지, 불쾌해해야 하는지, 아니면 너무나 둔해서 아무것도 모르는 척해야 하는지, 혼란스럽다. '왜 그는 나에게 네가 오줌 누

는 것이 보고 싶어, 그렇게 말하지 않는 것일까.' 여자의 몸 자체가 남자에게 특별한 호기심의 대상이 되던 시기는 이미 지나갔다. 남자는 왜 그런 말을 솔직하게 하지 않고 벌판에 차를 세운 후 여자에게 화장실에 가라고 했을까. 그는 다른 표정을 짓는 여자의 몸에서 비일상적인 감동을 받고 싶었을지도 모른다. 그의 대상이 되는 여자가 알아차리지도 못하고 또 인정하지도 않는 그런 순간에.

어떻게 생각하면 이것은 어두운 이야기다. 예민한 사람이라면 상처로 간직하게 될지도 모른다. 그렇게 '몸'은 어쩔 수 없이 음습한 시선의 역사를 갖게 된다. 우리는 성적으로 명랑쾌활한 이탈리아인도 아니고 바커스의 축제에 참여한 것도 아니기 때문에 비록 은밀한 감동에 떨었던 순간이 있었다 할지라도 그 감동을 우리 인생의 전면에 내세우지는 못한다. 그러나 왜 언제나 반드시 완전무결해야 하는가. 또는 완전무결을 지향해야 하는가. 다른 사람을 통해서 인정받을 필요가 없는 부분에서는 자유롭게 비위생적이 되거나 비상식적이 되어도 된다. 그것은 완벽한 기호의 문제다. 가장 가까운 사람에게조차 털어놓고 용서를 바랄 필요도 없다. 혹 그것 때문에 죄의식과 수치심으로 고통을 받는다면 그것은 그의 몫이다. 그러나 그대, 고통 하나 없는 완전한 인생을 진정 원하는가? 상처 없는 관계를 원하는가? 하나의 비밀도 가지지 않기를 원하는가? 죽을 때까지 마음

아플 일이 없기를 바라는가? 흠집 하나 없는 완벽한 인격을 진정 원하는가? 진정인가?

2 • 당신 안에 있는 나르시스

'타인은 지옥이다.' 사르트르의 말이다. 자기 자신 안에 있는 나르시스를 언제나 타인을 통해서만 확인해야 하는 경우에 이 말을 적용하고 싶다.

나르시스는 너무나 아름다운 미소년이라서 그 자신 이외에는 아무도 사랑하지 못하고 죽고 말았다. 자기 자신보다 아름다운 타인을 발견하지 못한 것이다. 그래서 그가 유일하게 사랑한 사람은 물속에 비친 자신의 모습뿐이었다. 흔히 자아도취에 빠지거나 자기 자신을 객관적으로 볼 줄 모르는 정신 상태를 가리켜 나르시시즘(narcissism)이라고 한다. 그 말에는, 반드시 그렇지는 않지만 어느 정도 부정적인 의미가 있다. 덜 성숙했다거나 사회성이 부족하다고 할까, 건강하지 못한 인간관계를 이루게 되는 것으로 알려져 있다.

　우리가 어느 한가로운 날, 사우나에 있다고 가정해보자. 사방에는 벗은 사람들뿐이다. 젊은 사람, 늙은 사람, 건강한 사람, 쇠한 사람, 윤기 나는 사람, 시들시들한 사람들이 모여 있다. 노천 사우나의 선탠 의자에 그들은 아무렇게나 누워 있다. 아름다운 사람도 있고 추한 사람도 있다. 다들 다르다. 그러나 인간의 속마음은 한결같을 것이다. 누구나 다비드 상처럼 균형 잡히고 비너스처럼 아름다운 몸을 갖고 싶을 것이다. 그래서 타인으로부터 찬탄을 받고 소중한 사랑을 얻고 싶을 것이다. 그러나 누구나 그렇게 태어나고 길러지는 행운을 갖는 것은 아니다. 그리고 설사 그런 행운이 있었다고 해도 시간이 흐르면 예외 없이 몸은 변한다. 우리는 어쩌면 정말 짧은 봄을 살고 마는 것인지도 모른다. 사우나에서 타인의 시선이 자신을 지켜볼 때 '아, 내가 보기 좋구나' 하는 것을 느낀다. 그 순간 행복해질지도 모른다. 그리고 시간이 흘러 타인들의 시선이 변할 때 불안감을 느낄 수도 있다. 더 이상 아무도 당신을 찬탄의 눈으로 쳐다보지 않는다. 당신은 늙고 변한 것이다. 객관적인 아름다움은 누구나 찬미하지만 누구나 오래 가질 수는 없는 것. 그러나 이 세상에서 유일하게 한 사람, 당신만은 당신을 사랑하고 있다. 부정하는 경우도 있을 것이다. 그러나 그것은 자신을 사랑하는 또 다른 내밀한 형태일 뿐이다. 몸이라는 허물이 타인의 시선 속에서 살면서도 죽어도 변함없는 애정은 자신 한 사람만이 베풀 수 있고 그 애정과 집착은 타인을 통해서 확인받을 수 있다. 그래서 사람은 사회를 이루고 사는지도 모른다. 집단생활을 하고 가족을 이루고 사는 것은 타인과의 관계에서 자기 자신에 대한 애정을 확인하고 키워나가야 하기 때문인지도 모른다. 그러나 언제나, 영원히 만족하고 성공하는 것은 아니다. 어쩌면 일생 동안 단 한 번도 충족되어 보지 못하고 죽는 사람들도 있을 것이다. 나르시스는 물속에 비친 자신의 모습을 타인으로 생각하다가 죽고 말았다. 손을 뻗으면 사라져버리고 움직이지 않고 가만히 바라보아야만 하는 상대. 그는 물속에 비친 아름다운 사람이 그 자신이라는 것을 몰랐던 것이다. 만일 알았다면 어떻게 되었을까. 이 세상에 역시 내가 사랑할 사람은 없다는 허무감에 빠졌을까, 아니면 더 교만해졌을까, 아니면 그 자신에게 스스로 연인이 되어주었을까.

당신의 몸에 대한 사랑을 표현해본 적이 있는가. 잘 먹고 잘 입고 잘 자라는 그런 얘기는 아니다. 연인이 당신의 몸을 사랑하듯, 아니 그 이상으로 당신의 몸에게 자신이 애정을 표현하는 것도 좋을 것이다. 시간이 흐르면 연인의 마음은 변하고 연인의 손길은 둔감해진다. 그러나 당신 안에 있는 나르시스는 그렇지 않다. 그에게 당신은 사랑의 묘약으로 취해버린 상대, 영원한 이상의 대상, 배신하지 않는 그리움의 대상이기 때문이다. 그는 당신이 더 이상 아름답지 않아도 당신을 사랑한다. 당신 안에도 반드시 그런 나르시스가 살고 있을 것이다. 그는 속삭일 것이다. 당신, 아는가? 당신은 정말 소중하고 아름다운 사람이다. 그리고 언제나 그럴 것이다. 그래서 나는 당신을 만지고 싶다. 원한다면 당신이 나를 만져도 좋다.

연인과 함께 있으면서도 커뮤니케이션의 부재 때문에 고민하는 사람들이 있다. 서로 의사 표현 방법이 달라서만은 아닐 것이다. 어쩌면 너무 많은 것을 서로 요구하고 있지나 않은가. 예를 들자면, 내가 말하지 않아도 상대편이 알아주겠지. 우리는 서로 사랑하는 걸. 이런 것까지 일일이 말해야 한다는 것은 자존심이 상해. 내가 이 말을 하면 다시는 나를 안 볼지도 몰라. 날 천하다고 생각하겠지 등등. 소통의 부재는 아무리 가까운 타인에게서라도 드물지 않게 발견되는 현상이다. 그러나 자기애를 인격화시킨 나르시스에게서는 그런 외로움을 느낄 필요는 없다. 말하지 않아도 그는 안다. 그리고 당신이 당신 안의 나르시스를 발견하고 물속에 비친 자신의 얼굴을 만난 신화 속의 나르시스처럼 빠져버렸다고 해도 현재의 가까운 타인, 당신의 연인과 헤어지거나 일상의 아주 사소한 변화도 만들 필요가 없다. 어쨌든 타인이라는 지옥은 필요하다.

3 · 인신공양

오래전 가난한 한 마을에 흉년이 들었다. 그 마을에서는 흉년이 들거나 가뭄이나 전염병 같은 재앙이 닥치면 마을을 지배하고 있는 신에게 젊은 처녀를 산 채로 제물로 바치는 풍습이 있었다고 한다. 아마 지금은 사라졌겠지만. 그래서 마을에서는 처녀들의 아버지들에게 제비뽑기를 시켰는데 불행히도 거기서 선택된 드물게 아름답고도 착한 처녀는 곧 죽을 운명에 처하고 만다. 그런데 그 처녀에게는 남모르는 친구가 있었는데 부엌에 살고 있는 두꺼비였다. 그 두꺼비는 밥을 짓는 처녀가 키우고 있었던 것이다. 신에게 제사를 지내고 깊은 산속에 있는, 신이 사는 동굴로 떠난 처녀는 신의 모습을 보고 기절하고 만다. 그 신이란 다름 아닌 사람을 잡아먹는 커다란 지네였던 것이다. 그때 처녀의 친구였던 두꺼비가 나타나 지네와 싸우고 처녀를 구해준다.

심청은 장애자인 홀아버지를 부양하는 가난하고 착한 소녀. 아버지의 눈을 뜨게 하기 위해서 절에 바칠 삼백 석의 공양미를 구하기 위해 뱃사람들에게 팔려 간다. 팔려 간 목적은 파도가 험해서 뱃사람들이 바다의 용왕을 달랠 목적으로 바칠 재물이 되기 위해서다. 산 제물이 되기 위한 조건은 아름다운 처녀여야 할 것.

이처럼 마을의 재앙을 막거나 돈을 벌기 위해 자연에게 제사 지내는 것 말고 좀더 심오하고 근원적인 이유로 인신공양을 했던 역사가 있다. 중앙아메리카가 그곳이다. 멕시코 유카탄 주의 북부 치첸이트사에 있는 차크몰의 우상. 몸을 뒤로 젖히고 앉아 있는 이 우상은 배 위로 접시를 들고 있는데, 이 접시는 신에게 제물로 바쳐진 인간이 살아 있을 때 꺼낸 신선한 심장을 놓아두던 곳이다.

인간 학살의 흔적은 치첸이트사의 유적뿐만이 아니다. 스페인에게 정복당하기 이전의 멕시코 토착 문명에는 그런 흔적이 빈번하게 나타난다. 타바스코 주에는 어린아이를 죽여 제물로 바친 제단이 있으며 아스텍 인들은 더욱 광적인 열의로 그 전통을 이어받았다. 한 번에 8만여 명의 포로와 죄수를 죽여 제물로 바친 적도 있고 죽인 자의 가죽을 벗겨 몸에 뒤집어쓰고

다니기를 즐겼다는 기록도 있다. 제사와 축제가 어우러진 모습이다. 아즈텍 인들은 스스로를 신이 선택한 민족이라고 믿고 있었다. 그들이 이런 학살극의 모양을 한 인신공양을 즐겼던 데는 나름대로 뚜렷하고 철학적인 목적이 있었다. 그들은 이 세상의 종말을 계산하는 법을 알고 있었으며 연로하고 분노한 신에게 신선한 제물을 바쳐 재앙과 종말의 시간을 늦추려고 했던 것이다. 이런 경우 희생자가 되는 것은 이민족이거나 전쟁 포로였다. 마야의 고대 문명은 오늘날에도 해독 불가능하고 신비로운 수학 공식의 유산을 가지고 있다. 어쩌면 그들은 정말로 이 세상의 마지막이라는 파국을 미리 계산해버렸을 수도 있다. 아들을 신에게 제물로 바치려고 했던 아브라함의 이야기는 유명하다.

그러나 숭고한 목적 없이 엄숙한 종교에 대한 반발이나 현실 생활의 욕구 불만, 소수의 특이 취미에 의해서 이루어진 인신공양으로는 중세 때 마녀사냥과 함께 덩달아 유행했던 흑미사가 있다. 마녀사냥의 희생자가 된 것은 주로 가난하고 의지할 데 없는 독신녀가 많았지만 흑미사는 상류 계층의 귀부인들이 탐닉했다고 한다. 19세기 불랑 신부는 스스로 새로운 교단을 창립해 어린아이를 제물로 삼았으며, 17세기 산파였던 카트린 몽브와쟁이 체포되었을 때 그녀의 집에서 수천 개의 어린아이들의 뼈가 발견되었다고 한다. 상류 사회의 부인들은 변심한 정부의 마음을 돌려달라는 등의 이유로 악마에게 산 제물을 바치는 흑미사를 올려달라고 그녀에게 부탁했다.

암흑의 중세에는 비합리적인 이유로 마녀사냥이 불길처럼 번졌다. 희생자의 대부분은 여자들이었다. 여자가 악마의 유혹에 약하기 때문에 위험스러운 존재라는 것이었다. 당시에는 무정부적인 성적 유혹이 교회와 가정의 울타리를 넘어서 횡행하고 있었기 때문에 유혹적이거나 마음을 끄는 용의자일수록 악마의 사주를 받은 것으로 간주되었다. 마녀는 당연히 화형에 처해졌다. 죄와 사탄은 불태워버려야만 한 것이다. 악마학자들은 그 시대를 '여성의 시대'라는 아이로니컬한 이름으로 부르기도 한다. 그만큼 미신적인 광기와 종교적인 편견에 사로잡힌 사람들에게 여성성의 대두가 위협적이었던 까닭이다.

'요절'이라는 말을 들으면 서늘하고 섬뜩한 비감이 든다. 그것은 죽음에 대한 공포 외에도 젊은 생명이나 육체에 대한 종교적 숭배감이 깃들여 있기 때문이 아닐까 생각한다. 대사회적인 질서가 오늘날처럼 확고하지 않았던 고대에는, 그런 숭배감이 인신공양이라는 형태를 만들어냈을 것이다. 젊음은 아름다우나 영원하지 않다, 그리고 생명은 절대적인 것이다. 그러므로 싱싱한 산 제물은 하늘 아래 가장 귀한 것이다. 아름다운 여자라면 더욱 좋다. 그 여자가 사악하거나(우리 안에 있는 상대적인 선(善)을 더욱 부각시켜줄 수 있도록) 동물이나 약한 것들에게 동정심을 갖거나(그런 것들은 악마의 화신일 수가 있다) 유혹적이거나 하층 계급이고 가난하거나 돌봐줄 사람이 없는 고아라면 더욱 좋겠다.

이런 비이성적인 원시성을 지금은 너 나 할 것 없이 코웃음 친다. 사람들은 영악해져서 무엇이 비합리적인 것인지 칼같이 알고 있다. 어린 염소를 죽이거나 자기의 손가락을 잘라도 이미 변한 연인의 마음은 돌아오지 않고 한번 죽은 사람은 영원히 살릴 수 없으며 어떤 육체적인 희생으로도 절대로 대신할 수 없는 것이 있다는 것을 안다. 그러나 우리가 기억하고 있는 가장 최근에 일어난 인신공양의 흔적이라면 나는 분신 투쟁을 들겠다. 물론 그 당사자들은 종교적 제의나 신화적인 의미 없이 가장 과격한 의사 전달 수단으로써 그것을 선택했겠지만 말이다.

4 • 미화(美化)의 오류

여자들은 저마다의 몸속에 하나씩의 무덤을 갖고 있다.

죽음과 탄생이 땀 흘리는 곳,

어디로인지 떠나기 위하여 모든 인간들이 몸부림치는

영원히 눈먼 항구

여자는 어디에서 왔을까. 어느 먼 곳에서 와서 무릎을 꿇었기에 작은 몸 안에 이토록 많은 배반과 그리움이 술렁이는 것일까. 자궁이 세대를 영원하게 하듯…… 여자는 삶보다 더 숭고하다.

위의 글들은 각각 어느 시와 산문의 한 부분이다. 나는 문학

평론가가 아니고 그럴 만한 능력도 없기 때문에 문학으로서 위 글들을 평가하려는 것은 아니다. 단지 우연히 눈에 띄어 텍스트로 인용한 것에 불과하다. 위의 글들은 여자의 생식 능력을 여성성의 근원으로 보고 그것에서 출발하여 여성 특유의 민감성과 정감적 자질, 이미지와 상징성, 그것에서 파생되는 정서적 위치와 역으로 반응하여 여성 자신에게 영향을 주는 자아에 대한 의문과 정체성에 대해서 노래하고 있는 한 예이기 때문이다. 단지 한 예들에 불과하다.

무수한 시와 노래와 글들이 여성성에 대해서 말하고 있다. 접근하는 방법은 많겠지만 여자가 수태를 한다는 것, 종족을 번식시키는 최종적이고 가시적인 단계의 역할을 한다는 것, 육체적으로 다른 것을 빨아들인다는 것, 그럼으로써 새로운 개체를 양산해내는 자궁의 능력에 대해서 숭배와 외경과 비하와 두려움과 어느 정도의 혐오감과 운명성까지. 여자의 모성 작용에 대해서 인간이 가지는 감정은 다양하고 복잡하다. 그리고 그것은 쉽게 예술로 승화될 수 있는 소지와 신비스럽고 강하고 아름다운 것으로 격상될 소지가 있다. 일부의 시각에서는 여자들의 자궁의 능력 때문에 마녀 신화가 생겨났다고 생각하기도 한다. 과거 마녀사냥의 희생자는 대부분 여자였기 때문이다. 그리고 여자는 자궁의 생식 능력으로 말미암은 모성애를 가지고 있다. 어머니라는 말에 눈물을 흘리는 사람들이 있다. 단지 사람

뿐이 아니다. 지성이 없는 짐승도 새끼를 위해서는 어떻게 하는지 우리는 잘 알고 있다. 언제나 변함없이 가슴을 아프게 만드는 영원한 것, 그것이 모성이다.

이 세상은 거의 절대적으로 남자와 여자라는 두 개의 성으로만 구성되어 있다. 오랜 시간 동안 남자는 공식적으로 지배하는 계층이었고 여자는 그 반대의 계층이었다. 그러나 남자는 신비화되는 전통을 가져본 적이 없다. 남자가 원래 밉살스러운 존재라서? 그렇지는 않을 것이다. 누구나 남자 아니면 여자일 수밖에 없다. 서로 보완하지 않으면 종족의 번식 따위는 있을 수도 없다. 그런데 그 역할에서 숙주가 되어야 하는 여자의 몸은 일방적 희생자라는 자기 비탄의 정서를 포함할 수가 있다. 그런 비탄의 정서가 체질화되고 유전되고 재생산된다. 여성성의 근원에 일부를 차지하고 문화와 상식이 된다. 도대체 여자란, 여자의 운명이란 무엇인가, 라는 물음은 그래서 역으로 작용해 여자에 의한 여자의 터무니없는 신비화가 이루어지기도 한다. 고독이 운명 지어진 여자라는 존재, 라거나 모든 것의 처음과 끝을 다 안고 있다, 거나 하는 식의 맹목적인 미화 때문에 도리어 자기 오류를 일으키게 되는 여성성들.

심지어는 인간의 역사 속에 그토록 많은 전쟁과 폭력과 불의의 사건들이 난무했던 것은 남자들이 세상을 지배했기 때문이라는 설도 있다. 스탠턴(E. C. Stanton)이라는 초기 여성 해방론

자는 남성적 요소를 파괴성, 단호함, 이기심, 호전, 정복, 무질서, 질병과 죽음 등으로 보고 이런 요인들이 인간성을 말살해 왔다고 주장했다. 또한 프리단(B. Friedan)은 여자 군인들이 남자 군인들보다 동정적인 시각을 갖고 있기 때문에 충돌의 잔혹성을 감소시킬 것이라고 주장하기도 했다. 여성의 모성애가 이 세상을 구원할 것이라는 극단적인 시각이다. 권력의 속성과 성의 속성이 혼란을 일으킨 것으로 보인다. 또는 일부러 혼란을 선택했을 수도 있다.

바람과 굶주림을 참고 긴 시간 알을 품고 있는 갈매기. 수천 수만이 서로 같은 소리를 내며 울부짖는 아수라장 속에서도 정확히 자기 새끼를 찾아내어 먹이를 주는 눈 밝은 모성. 그러나 그 새끼 새가 길을 잃고 둥지에서 떨어져 나오면 얼마 안 가 잔인하게 죽임을 당하게 된다. 다른 어미 새들의 공격 때문이다. 한정된 먹이와 불충분한 환경에서 자기 새끼들의 생존 가능성을 높이기 위해. Only my baby. 모성이란 그런 요소가 있다. 기본적으로 배타적일 수밖에 없다. 모성이 배타적이 아니라면, 인류라는 종족은 과연 번식할 수 있었을까. 인간은 갈매기와는 비교될 수 없을 정도로 더 지독한 존재인데. 우리는 그런 위에 서 있는 것이다. 그런 여자와 남자와 가족과 미화(美化)의 오류 위에.

5 • 고독인가 관계인가

한 친구의 이야기를 하고 싶다.

그 아이는 어느 날 밤 혼자 잠들어 있다가 누군가 집 안에 침입한 것을 알았다. 창유리를 깨고 들어온 것이다. 잠이 깬 그 아이는 놀라서 비명을 질렀다. 침입자는 검은 옷을 입은 마르고 날렵해 보이는 처음 보는 남자였다. 칼 같은 것은 들고 있지 않았다고 한다. 운이 좋더라도 강간당하는 것을 피할 수는 없는 분위기였다. 그 아이가 비명을 멈추지 않자 침입자는 그 아이의 뺨을 때렸다. 공포에 질려 더욱 크게 비명을 지르자 그는 더 세게 뺨을 때렸다고 한다. 그리고 유유히 문으로 달아나버렸다. 너무 무서워서 고통도 느끼지 못하고 있던 그 아이는 아침에 거울을 보고 깜짝 놀랐다고 한다. 얼굴이 부어 있었다. 원

 욕망은 기호일 뿐이다

래 명랑한 편이 아니었던 그 아이는 그날 이후부터 타인에 대해서 벽을 쌓았다. 공포가 사라지고 나니 고통과 분노가 뒤따랐다. 길을 가다가 다친 고양이나 거지 소년을 보아도 마음 아파하던 연약한 아이였다. 그런 아이에게 세상이 던져준 거칠고 포악한 협박이었다. 그 아이가 충격을 받은 것은, 그것이 강간이나 살해를 당할 수 있는 위험한 상황이었다는 것이다. 침입자는 돈을 요구하지도 않았고 그 아이의 몸을 만지지도 않았다. 단지 때렸을 뿐이다. 폭력의 기억은 사랑의 기억보다 선명하고 오래 지속된다. 그리고 미래의 시간에 많은 영향을 미친다. 그 아이는 사람을, 특히 남자를 믿을 수 없게 되었고 어두운 곳에 가면 식은땀을 흘렸다. 그리고 가끔 이유 없이 울었다. 그 아이는 점점 혼자가 되었다.

사람과 사람 간의 의사소통의 중요한 매개로 존재하는 육체가 그 아이에게는 너무나 무거운 짐이 되었던 것이다.

부정하는 사람도 있겠지만 의사소통의 기본은 육체이다. 그 사람의 인상이나 말투, 목소리나 태도도 육체에서 파생되는 것이다. 인간이 진정으로 추상화될 수 있느냐는 질문에 대해 나는 아직까지 부정적이다. 정신이란 것도 결국은 뇌의 작용이 아니던가. 이유 없는 끌림이란 것은 언어로만 존재할 뿐이다. 나이가 들어갈수록 사람은 인격이 육체화된다. 육체는 정말 중요한 인생의 도구이다. 그것이 관계를 만들고 소통하고 대화하는 것이다. 그러나 반대로 육체가 벽이 되어 절대로 관계를 이루지 못하는 경우도 있을 것이다. 친구의 경우, 그것이 극단적으로 되었다. 그 아이는 상당히 오랫동안 강간과 아무 이유 없는 살해의 위협을 잊지 못했다.

다른 이유로 육체가 벽이 되는 경우도 있을 것이다. 사춘기 시절 외모의 열등감이나 안면 기형이나 장애, 그리고 성적인 둔감함, 실패한 연애로 인한 자기 육체의 비하, 남자들의 경우 성기능 장애 등이다. 노력으로 개선하지 못하는 것들도 이 세상에는 많다. 몸과 몸으로 인간관계가 이루어지는 것이 아니라면, 그리고 몸이 의식을 규정하고 몸이 자신감과 열등감을 만들고 몸과 몸이 부딪쳐서 감정이 일어나는 것이 아니라면 오늘이 현란한 시각의 문화가 발달했을까 의문이다. 몸으로 인한 관계 대신에 자의든 타의든 몸으로 인한 고독을 선택하는 사람들도 있다. 육체에 대해서 가볍게 이야기하거나 자유분방한 관계를 옹호하거나 노출이나 선정성에 대해서 아침 식탁의 시리얼처럼 간단히 선택할 수 있는 문제로 취급하는 가치관이 지배하게 되면서부터 소외감을 느끼거나 슬픔과 분노를 느끼는 사람들이 있다. 물론 겉으로 표현하지는 않는다. 내 친구의 경우가 그랬다.

오랫동안 억눌려왔기 때문인지, 젊고 자신감 있고 첨단의 교육을 받았다고 하는 사람들은 지금 경쟁하듯 육체에 대해서

개방적이다. 하지만 어떤 것이든지, 심지어 언더 문화라 할지라
도 독점적인 목소리를 내게 된다면 위험해지는 점은 같다.

6 • 내 안에 남자가 숨어 있다

너무 아름다운 여자를 만났다. 선이 가늘고 하얀 얼굴, 반쯤 내리뜬 우수 어린 눈빛, 길고 검은 머리칼, 엷은 원피스에 감싸인 날씬하고 가느다란 몸매, 그리고 작고 탄력 있는 예쁜 엉덩이. 그러나 그 여자의 주민등록번호 뒷자리는 1로 시작했다. 그 여자는 그러니까 남자로 태어난 것이다. 그 여자는 다른 모든 장소에서는 여자였겠지만 관청에서는 남자로 분류되었다. 하지만 여자인 나도 다 알고 있었음에도 불구하고 그녀의 아름다움에는 순간적으로 숨이 막혔었다. 그 여자가 뒷모습을 보이고 하늘하늘 멀어져갈 때 건물 안의 거의 모든 남자들이 그 뒷모습을 감탄하며 주시했다.

여자 친구와 같이 온천지대로 여행을 간 적이 있었다. 호텔

사우나에 들어가기 전에 여자 친구는 언제나 터키탕이란 곳에 꼭 한 번 가보고 싶었다고 말했다. 사우나에는 남녀 구분이 있었지만 터키탕에는 그런 것이 없었다. 나와 여자 친구는 터키탕을 터키식 온천 사우나 정도로 가볍게 생각했던 것이다. 나도 그런 것 안 해봤어. 해보고 싶은데. 그렇게 대답했다. 우리는 같이 터키탕 입구로 가서 물었다가 당연히 거절당했다. 여자를 위한 터키탕은 없어요. 접수부의 사람은 우리를 이상하다는 눈으로 쳐다보면서 말했다. 지금 생각하면 얼굴이 붉어지는 경험이다. 나와 여자 친구는 너무 순진했었다. 그날 밤 잠들기 전에 문득 떠오른 생각은 잠시 동안만 남자가 될 수 있었으면, 하는 것이었다. 남자처럼 검은 양복을 입고 콧수염을 붙이고 비슷하게 입은 다른 남자들과 함께 거리를 걷고 술을 마시러 가고 지나가는 예쁜 여자에게 휘파람도 불고 섹시하게 보이려고 노력하는 여자들의 모습을 즐기기도 하고 나이트클럽에서 만난 여자에게 같이 자자고 유혹도 해본다. 설사 거절당한다 할지라도 재미있지 않을까.

셰익스피어의 작품을 보면 여자가 남자로 분장하는 장면이 유난히 많이 나온다. 그렇게 남장한 여자에게 사랑을 느끼는 소녀가 등장하는 해프닝도 있다. 한때 여학생들이 좋아했던 만화 〈베르사이유의 장미〉에서 오스칼의 인상은 강렬했다. 영화 〈나인 하프 위크〉에서도 단지 유희를 위해서 여자 주인공이 남장을 하고 애인과 함께 밤거리를 돌아다니며 호모 섹슈얼의 흉내를 내는 장면이 잠깐 나온다. 약간 내용이 다른 것으로 동성간의 애정이 너무나 아름답고 쓸쓸하게 그려진 영화 〈해피 투게더〉를 많은 사람들이 보았을 것이다.

그렇지만 이런 것들은 모두 다 예술에서의 미학일 뿐이고 현실에서는 여전히 비정상적이고 추악하다는 인상을 벗어나지 못하고 있다. 싸구려 영화관이나 뒷골목의 공중 화장실, 마약이나 로큰롤에 탐닉하는 사회의 비생산적인 계층, 다른 대다수의 정상적인 사람들이 그 비용을 부담해야 하는 장애자와 같은 존재, 에이즈 예비군, 도덕이나 원칙에 대한 생각이 없는 혐오 집단쯤으로 생각되고 있는 것이 사실이다.

성의 정체성이란 무엇일까. 나 자신은 고지식할 정도로 원칙적인 성을 따르고는 있지만 불멸의 원칙보다는 인간의 무한한 다양성을 믿는 편이다. 그리고 이 세상의 사람들을 단순하게 동성애자와 그렇지 않은 자로 나눌 수 있을까. 반대의 성에 대한 아이덴티티를 그리워하는 것은 그리 이상한 일은 아닐지도 모른다. 그것이 게이나 레즈비언의 형태가 되든, 성 전환증의 형태가 되든, 심리적으로 반대의 성 역할을 즐기는 특이 취미가 되든, 아니면 온갖 변태라고 생각하는 취향에 대해서 혐오감과 심지어는 증오까지 느끼는 극단주의자가 되든지. 원시적 페미니즘의 극단은 필연적으로 레즈비언으로 간다고 믿고 있

는 사람이 있다. 그런 경우의 레즈비언은 태생적이라기보다는 의도적이고 후천적인 선택의 결과가 된다. 1980년대, 마르크시즘에 입각한 과격한 여성 운동 이론에 빠져 있던 여자 친구들이 기존 남성들이 만들어놓은 사회 질서에 반기를 드는 의미로 동성애에 빠지기로 결심한 일이 있었다. 그래서 그들 여자 친구 두 명은 결심을 하고 오늘 사랑을 이루는 거야, 하면서 여관엘 들어갔다. 이론으로야 단단히 무장했지만 실제로 레즈비언이 어떻게 성행위를 하는지, 육체적인 욕구가 무엇인지, 심지어 포르노 필름 한 편 본 일이 없이 오직 사회에 대한 안티테제의 의미로 레즈비언이 되어야겠다는 투지만 사무친 그들이 여관에 가서 무엇을 할 수 있었을까. 가엾게도 아무것도 하지 못하고 서로 바라만 보다가 돌아왔다고 한다. 남성에 대한 증오가 그런 식의 결과를 가져오기도 한다면 반대로 여성 자신에 대한 부정과 증오는 의도적인 성 역할 전환의 심리를 가져오기도 하겠다는 생각이 든다.

7 · 통유리와 칸막이, 혹은 시선의 테러

1980년대 중반의 언제쯤 나는 광화문에 있는 햄버거 가게 웬디스에 앉아 있었다. 지금은 이름이 바뀌었지만 웬디스는 사거리를 향한 모퉁이 쪽에 통유리 벽을 만들고 무게중심이 높은 의자를 가져다 놓았었다. 그 의자에 앉아 햄버거와 콜라를 마시고 있으면 거리를 지나다니는 사람들의 표정과 시선이 손바닥 안에 들어온 듯이 가깝게 느껴졌다. 플리츠스커트와 스트랩슈즈를 신고 그 의자에 앉아 치즈버거를 먹으면서 비가 내리거나 햇빛이 강한 날 거리와 사람들을 바라보는 것은 그 당시 내가 좋아하던 일 중의 하나였다. 그 의자에 앉아 햄버거를 먹는 사람들의 구두와 양말이나 다리의 움직임까지도 길을 가는 사람들에게 전부 노출되게 만들어놓은 가게였다. 그리고 넓은

욕망은 기호일 뿐이다

거리의 한편 뾰족한 모퉁이 쪽에 자리 잡은 그 통유리 벽의 위치는 로베르 두아노(Robert Doisneau)의 흑백 사진 〈au bon coin〉을 연상시키는 구조로 되어 있었다. 그 가게가 인상적이었던 것은 유난히 햄버거가 맛있었다거나 비쌌기 때문은 아니다. 그때 대학과 시내 거리를 점령하고 있던 레스토랑 문화는 거의 대부분 조명을 어둡게 하고 칸막이를 한 형태였기 때문이다. 따라서 외부에서 안을 들여다볼 수 없는 것은 말할 것도 없고 일부러 들여다보지 않는 한 옆 테이블에 누가 앉았는지 알 수 없는 것이 대부분이었다. 커튼을 치거나 간이문을 만들어놓은 곳도 있었다. 지금 생각하면 굳이 그럴 필요가 없었지만 뭔가 비밀스러운 프라이버시의 흉내를 내고 싶어 했던 아이들이 그런 곳을 좋아했고 또한 식사하고 술을 마시는 모든 장소가 그러는 것은 당연하겠지, 하고 생각했다. 소비자가 원해서 그런 문화가 생겨났는지 아니면 소비자가 문화에 익숙해지는 과정이었는지는 정확하지 않다. 아이들은 밥을 먹거나 차를 마시는 장소는 그런 곳, 이라고 생각하게 되었다. 음식점에 칸막이를 할 것인가, 통유리 벽을 설치할 것인가를 결정하는 주체는 소비자인가 아니면 공급자(상인)인가. 지금도 단선적으로 결정할 수는 없지만 어쨌든 그때 웬디스는 새로워 보였다.

지금은 아니다. 아니 오래전부터 아니다. 이제는 건물의 이층에 통유리 벽을 설치한 미장원이나 피부 관리실까지 낯설지 않게 되었다. 머리를 손질하거나 손톱을 다듬고 화장을 고치고 잡지를 뒤적이며 잡담하는, 디스플레이가 목적이 아닌 아주 일상적인 장면들이 길 가는 모든 사람들에게 올려다보여도 별로 대수롭지 않게 생각한다. 커피를 마시는 장소가 완벽하게 실내외에 노출된 것은 오래전의 일이다. 전혀 모르는 타인들의 시선을 꺼리지 않는 것이다. 왜? 그럴 이유가 없으니까.

지하철을 처음 타게 되었을 때 당황했다고 얘기한 사람이 있다. 마주 보고 앉아 있어야 되는 좌석의 구조상 시선을 처리하지 못해 애먹었다는 것이다. 자기도 그렇고 상대편도 난감해하는 것이 영 불편했다는 것이다. 버스나 승용차를 탈 때는 몰랐던 일이었다. 그런데 이제는 그렇지 않다고 했다. 눈을 마주치지도 않으며 어쩌다 시선이 스쳐도 마치 거기 아무것도 없는 듯이 표정 관리가 된다고 했다. 자기도 그렇고 다른 사람들도 마찬가지라고 했다. 서로 편한 일이다. 그런 노하우를 터득하기 전에는 주로 승용차를 이용하던 사람들이 대중교통을 이용하기가 불편해진다는 이론을 폈다. 그는 이런 말도 했다.

"아무리 돈을 처들여 천지사방에 지하철을 뚫고, 장관이 버스를 타고 다니며 일 년 내내 홍보를 해도 승용차 인구는 늘어날 것이다. 길이 막히고 기름 값이 오르고 버스 노선이 아무리 많아진다고 해도 마찬가지다. 경제 전문가들인 정책 결정자는 지나치게 효율성만을 계산하는 경향이 있다. 대중이 오직 경제적인 이유에 따라서만 움직인다고 생각하는 것이다. 네 말대로 칸막이 안에서 커피를 마시던 사람이 통유리 벽이 부담스러운 것과 같은 이치다. 극단으로 가면 아무 의미 없는 타인의 시선이 테러가 된다. 나는 솔직히 카풀도 너무 싫다."

초등학교 때 읽었던 SF소설이 생각난다. 먼 미래의 세계에서 사람들은 가족들조차도 다른 집에서 살고 화상 통신으로만 대화한다(직접 접촉 없이 감정적인 커뮤니케이션도 가능하다는 것을 이제는 모두 알고 있다). 그래서 그 시대의 사람들은 타인을 직접 만나게 되는 것을 죽음보다 더 두려워한다. 지금 거리나 찻집에서 옆 사람과 별 뜻 없이 눈이 마주치는 것은 굉장한 실례. 이 복잡하고 사람 많은 도시에서 처절한 프라이버시를 가지고 살아가는 사람들은 그런 노하우를 잘 터득하고 있는 것이다. 간혹 죽는 한이 있어도 옛날 스타일을 고집하는 나이 든 사람들을 만나게 된다. 그런 사람들은 어딘가에서 아직도 폐업하지 않고 있는 지하의 칸막이 레스토랑을 찾아다닌다. 옛날에는 많았는데 왜 요즘은 이런 곳이 줄어드는 거야, 하는 불만을 가지고. 밥을 먹고 술을 마시고 동행과 이야기하는 것을 남들이 쳐다보는 것이 싫다는 것이다. 그들은 아무리 가까운 거리도 차를 타고 다니고 차에 타고 있을 때는 차 문을 잠근다. 386 이전의 세대들이 칸막이벽에 익숙한 것이나 그 이후의 사람들이 타인은 없다, 라는 식의 노하우를 터득한 것이나 신경질적인 프라이버시를 주장하고 있는 점에서는 같다. 그 방법이 좀 업그레이드된 것일 뿐이다.

Chapter 3

에로티시즘은
그 대상의 부정성으로 인해 더 빛난다

1 • 친구에게 성욕을 느낄 때

'이 사람은 제 남자 친구입니다.'

이렇게 말해주면 상대편의 생각하는 눈빛은 가지가지다. 남자 친구란 배타적 상호 관계의 애인에서부터 말 그대로 '중성적인 의미의 남자+친구'의 의미까지 퍼져 있기 때문이다. 그래서 대개의 사교적인 능력이 뛰어난 여자들은 이 복합적인 의미들을 적절하게 요리하기를 좋아한다. 가장 흔한 것이 '난 남자 친구는 많지만 애인은 없어요'라고 말하는 경우다. 애인이 있다고 공개적으로 커밍아웃해서 자기 자신을 한 사람에게 구속시키고 싶지도 않지만 애인 하나 없이 주말에 팝콘이나 먹으며 텔레비전을 보는 못생기고 뚱뚱한 여자들의 부류로 생각되어지는 것도 싫은 것이다. 실제로 남자들은 애인도 없고 나이가 들어서도 처녀인 여자는 별 볼 일이 없을 것이 뻔하다, 라고 생각하는 경향이 있다. 반대로 남자들은 하나 이상의 여자 친구나 섹스 파트너가 있는 경우에도 나는 고독하다, 혼자다, 라고 여자들에게 말하는 것이 상식으로 되어 있다. 표현하는 방법은 다르지만 남자나 여자나 상대편에게 자신의 매력을 이용해 접근하려고 하는 교활한 계산이 있다는 점에서는 같다.

> 남 : 당신, 남자 친구가 있나요?
> 여 : 네. 있어요. K씨도 있고 P씨도 있고.
> 남 : 내 말은 그게 아닌데요.
> 여 : 왜요? K씨나 P씨나 모두 제 친구인 것은 맞고 그리고
>   모두 남자인걸요.
> 남 : 그런 뜻으로 한 말은 아니고 저어, 성욕을 느끼는 남자
>   친구를 말하는 거죠.
> 여 : 친구 사이에도 가끔 성욕은 느낄 수 있어요.
> 남 : ⋯⋯.

얼마 전에 들었던 대화의 일부분이다. 그 자리에는 K씨도 있었고 P씨도 있었다. 그들도 모두 여자의 말을 인정했다. 그럼에도 불구하고 그들은 우리는 친구, 라고 어디서나 자신 있게 말할 수 있었다. 대학생풍의 노래인 〈사랑과 우정 사이〉나 '좋아

한다 말하면 가볍고 사랑한다 말하면 무겁다'는 식의 상투적인 관계를 말하는 것이 아니다. 그들은 성인이고 각자의 생활과 각자의 프라이버시를 가지고 있고 그리고 친구다. 가족에게 성적인 느낌을 가지면 우리는 죄의식을 느낀다. 친구에게 그런 경우를 당하게 된다면 죄의식 대신에 우리는 정말 친구일까라는 관계의 정체성에 대해서 잠깐 고민하게 된다. 나에게는 사랑하는 다른 사람이 있고 그리고 그 감정과 친구에 대해서 느끼는 감정이 분명히 다른 것은 알겠는데, 과연 이런 생각은 옳은 것일까. 이런 감정을 표현하게 되면 소중한 친구를 잃게 되는 것은 아닐까. 내가 친구를 애인처럼 생각하는 것은 아니지만 그(그녀)가 성적인 대상으로 가끔 떠오르는 것은 사실이다. 그리고 만일 그(그녀)와 관계를 가지게 된다면 우리는 이제 어떻게 되는 것일까.

〈해리가 샐리를 만났을 때〉라는 영화를 보고 난 다음 인습적인 사고를 가진 사람들은 생각했다. '역시 남자와 여자는 친구로 지낼 수 없어.' 어떤 소설가도 나에게 이렇게 말한 적이 있다. '남자와 여자는 결혼하든가 아니면 헤어지든가 두 가지의 길밖에는 없다.' 그런가 하면 극단적으로 좀 다른 견해를 가지고 있는 사람도 있었다. '우정의 한 형태로 섹스를 선택할 수 있다.' 만일 당신이 친구를 가지고 있다면, 그리고 그 친구에게서 일회적인 성욕을 느꼈다면, 그리하여 어느 날 관계를 가지게 되었다면, 해리와 샐리처럼 '그래, 그것은 바로 사랑이었어' 하면서 감정이 갑자기 선명해지고 관계가 전환될 수 있을까. 인생이 할리우드 영화와 너무 다른 것은 현실의 비극이기도 하지만 어떤 점에서는 다행이기도 하다. 나는 그토록 단선적인 생을 수용할 자신이 없다. 현실의 미묘한 색채는 당신과 그 친구를 각자 옷을 입고 집으로 돌아가 커피를 끓여 마시고 다음번에도 변함없이 친구로 만나게 할 것이다. 그것이 가장 좋고 가장 아름답고 가장 성숙한 현실이 될 것이다. 우리가 꿈꾸는 판타지는 모든 남자와 여자의 만남이 로미오와 줄리엣이라고 기대하게 만들고, 처절한 리얼리즘은 인간과 인간의 관계는 결국 벽뿐이지 감정의 의사소통 따위는 존재하지 않는다고 가르친다. 친구는 이 둘 모두를 비껴가게 만든다. 지금 당신이 명백한 '친구'에게 성욕을 느낀다면 죄의식을 가질 필요도 없고 관계의 정체성에 의심을 가질 필요도 없다. 에로티시즘은 그 대상의 부정성(否定性)으로 인해 더 빛난다. 그리고 에로티시즘은 사회적 관계에 구속받지도 않는다. 정말로 성숙한 우정은 이것을 이해할 것이다. 그리고 친구는 상대를 다른 이성으로부터 격리시키고 독점하려고 하지 않는다. 일생을 같이하거나 그렇지 않으면 눈알이 튀어나올 만큼의 위자료를 물어주어야 하는 부담감도 없다. 정말 저 사람이어야 한다는 절박함도 없기에 환멸을 느낄 가능성도 덜하다. 그래서 어떤 사람은 성욕을 느끼는 친구만 있다면 나는 결혼하지 않겠다, 라고 말한 적이 있다. 우정의 한 형태로 섹스를 선택할 수 있는 친구가 있다면. 그러나 섹스가 쉬운가, 친구가 쉬운가. 누구나 다 알 것이다. 처음 만난 사람과 섹스는 할 수 있지만 친구는 될 수 없다. 친구는 쉽고 가볍게 말할 수 있는 존재가 아니다. 섹스는 시간이 걸리는 일은 아니지만 친구는 시간을 필요로 한다. 섹스는 잊을 수 있지만 친구는 잊을 수 없다. 성욕은 사라지고 성적 관심도 사라진다. 그런 순간에도 우정은 남아 있다. 우리가 친구에게 더 이상의 너무 많은 것을 바라지만 않는다면. 그러지만 않는다면.

에로티시즘은 그 대상의 부정성으로 인해 더 빛난다

2 • 입었는가 벗었는가

지난 일요일, 후배와 이화여대 앞에 갔다가 재미있는 일을 당했다. 아마 그날 이화여대 앞을 지나쳤던 여자들은 나와 비슷한 일을 겪은 사람이 많을 것이다. 소매 없는 옷을 입고 있었지만 더웠다. 쇼핑하러 나온 여자들도 가볍고 섹시한 옷차림들이었다. 그런데 전철역 쪽으로부터 무언가 큰 소리가 들려오기 시작했다. 누군가 구호를 외치고 있었고 수십 명의 군중이 그것을 따라서 외치는 소리였다. 아마 신흥 종교의 전도단이겠지, 하고 나는 생각했다. 일요일 많은 인파를 노리고 그곳에서는 종종 있는 일이었다. 그런데 그날 만난 사람들은 좀 달랐다. 전철역에서부터 내려온 사람들이 피켓을 들고 우리 앞에 나타났을 때 후배는 웃음을 터뜨렸다.

'입었는가, 벗었는가.'

고개를 든 내 눈앞에 처음으로 나타난 피켓의 구호였다. '마음이 음란하면 복장도 음란하다.' 대충 이런 내용의 구호가 적힌 피켓을 들고 목이 터져라 그것을 외치고 있는 사람들은 이십 명 정도 되어 보였고 대개 중년의 남녀들이었다. 더운 날임에도 불구하고 그들은 우중충한 긴 옷을 입고 있었고 호전적인 눈빛이 번들거렸다. 그들은 구호만 외치는 것이 아니었다. 길 가는 여자들 중에서 노출이 심하거나 선정적인 옷을 입고 있는 사람에게 손가락을 높이 치켜들고 외쳤다. '음란하면 지옥 불에 떨어진다!', '너희 같은 것들 때문에 세상에 불행이 일어나는 거다!' 내 앞쪽에 서 있던 여자는 소매 없는 흰 웃옷을 입고 있었는데 그들 중의 한 여자가 그녀를 가리키면서 큰 소리로 외쳤다. '속옷이 다 보인다!' 그로테스크하게 우스운 상황이었다. 구호를 외치는 사람들은 길가의 여자들에게 손가락질을 하면서 저주에 가득 찬 말을 퍼부었다. 지적을 당한 여자들은 웃지도 울지도 못하는 난감한 표정을 짓고 별일을 다 당한다는 식으로 어이없어했다. 웃어버리고 마는 사람들도 있었다. 그들 중의 한 명이 마침내 나와 눈이 마주치자마자 두 손을 높이 올리고 무서운 표정을 짓더니 손가락으로 나를 가리키며 소리쳤다.

'복장이 그게 뭐냐! 입었느냐 벗었느냐! 지옥에 떨어지고 싶은가!'

 에로티시즘은 그 대상의 부정성으로 인해 더 빛난다

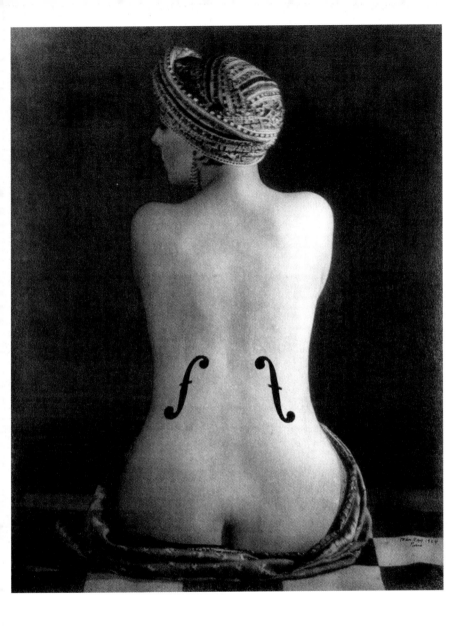

그 사람이 한 말보다도 적의에 가득 찬 그의 눈빛이 더욱 인상적이었다. 남자애인 후배는 길가에 서서 땀을 식히면서 낄낄거리고 있었다. 나는 목과 어깨가 드러난 여름 웃옷을 입고 있었지만 그리 퇴폐적인 차림은 아니었다. 나는 그럴 만한 몸매나 자신감을 갖고 있지 못하기 때문이다. 토플리스 차림도 아니었다. 그래서 난데없는 삿대질에 좀 억울한 기분도 들었다. 불쾌감과 황당함은 순간이었다. 나에게 오래 남은 것은 내가 속한 사회가 굉장히 다양한 표현들을 수용해주고 있구나, 라는 생각이었다. 길 가는 사람이나 지적을 당한 여자들 중 화를 내거나 왜 소음을 일으키느냐고, 왜 아무 상관 없는 사람의 복장을 탓하고 불쾌하게 하느냐고 분노하거나 지적당했다고 부끄러워하는 사람이 없었다. 그냥 웃고 넘어가거나 상대할 가치도 없다는 듯이 피하고 구경거리가 생겼다고 실실 웃고 있을 뿐이었다. 그들이 주장하는 경직된 사고방식이 문화 권력의 주류라면, 그들은 굳이 피켓을 들고 붐비는 대학가에서 데모를 할 필요가 없었을 것이다. 그리고 사람들이 이것이냐 저것이냐 하는 식의 이분법적 사고에 사로잡혀 있었다면 그들의 시위에 대해서 같은 방법으로 대응했을 것이다. 근본적으로 사람들은 이제 친척이나 가족이 아닌 남의 일에 나서거나 이해관계가 없는 일에 핏대를 올리지 않게 된 것이다. 냉정한 무관심일 수도 있고 타인의 개성을 존중하는 성숙한 의식일 수도 있다. 그런 사회이기 때문에 노출을 증오하는 광신도의 집단도 나타날 수 있는 것이다.

노출, 하면 생각나는 일이 있다. 사 년쯤 전 밤의 여의도에서의 일이다. 주말 저녁, 비가 내린 다음이라 가로수 잎들이 온통 물에 젖어 있는 늦은 밤이었다. 마포대교로 가기 위해서 지름길로 접어들었는데 가로등도 없는 어두운 비에 젖은 길을 걸어가고 있는 한 남자를 보았다.

스트리킹(streaking)이었다. 그 남자는 아무것도 입고 있지 않았다. 게다가 달리고 있는 것도 아니었다. 여유 있게 걸어가고 있었다. 우리는 차를 타고 지나가면서 그 사람을 돌아보았다. 낮이라면 증권회사에서 일하는 화이트칼라들이 넘치는 거리였고, 술집도 다방도 없었기 때문에 밤이나 주말이면 유난히 썰렁해지는 거리였다. 도대체 그 남자는 어디서 나타나서 어디로 갔을까. 지금도 가끔 궁금해진다. 그리고 그는 왜 그랬을까. 바람이 불고 있었고 길은 온통 젖어 있었는데, 유난히 흰 몸을 가진 그를 스쳐 지나갈 때 자박자박 들리던 발자국 소리. 그는 어쩌면 낮이면 그 거리에서 일하는 화이트칼라 중 한 명이었을 수도 있다. 아니면 정신병자였을지도 모르고, 한 시간 전에 필로폰을 투여해서 제정신이 아니었을 수도 있다. 그러나 모든 것을 떠나서 입었는가 벗었는가, 라고 묻는다면 그때 그는 분명히 벗고 있었다. 그러나 그가 음란했을까. 그를 쳐다보았던 우리가

에로티시즘은 그 대상의 부정성으로 인해 더 빛난다

음란했을까. 아니면 이 말에 대해서 '음란'이라는 단어를 생각해내는 독특한 개성의 또 다른 시각이 음란한가. 과연 음란이 무엇인가.

3 • 사람들은 왜 차에서 하는 것일까

이곳은 주택가이고 어린이들이 뛰어노는 공간입니다. 쾌적한
주거 환경과 청소년 교육에 지장이 크니 이곳에서 차를 세우고
풍기 문란한 행동을 하는 일이 없도록 합시다.

서울의 한 한적한 주택가의 어린이 놀이터 벽에 쓰인 글이다.
그곳은 강북의 비교적 고급 주택가이고 낮에도 길에 사람이 뜸
한 곳이다. 그런데 언제부턴가 밤이 되면 한두 시간씩 머물다
가는 차들이 생겼다. 소음과 진동이 얼마나 컸는지는 알 수 없
지만 몹시 신경이 쓰인 주민들이 위와 같은 점잖은 문구를 붙
여놓았다. 그래도 시정이 되지 않자 그 놀이터는 야간 순찰을
도는 경찰들에게 요주의 단속 지점이 되었다. 그 지역의 유지

　　　　에로티시즘은 그 대상의 부정성으로 인해 더 빛난다

한 분이 경찰서를 직접 방문하여 "차 안에서 (그런 짓을!) 게다가 주택가 아이들이 공부하는 방 옆에서 (그런 짓을!)" 하며 흥분하셨다고 한다. 영화에서 나오는 얘긴가? 하는 사람들도 있겠지만, 코리아의 리얼타임 실화다. 나에게 이 이야기를 해준 사람은 나도 한때 산 적이 있는 그 지역을 담당하고 있는 경찰이었다. 그가 말하기를, 만일 발견되는 차가 있으면 실례 불구하고 유리창을 두드린다고 한다. 그러니 이 글을 읽는 사람들은 결코 그곳에 가지 말기를.

왜 그 동네 놀이터가 카섹스의 명소가 되었는지 이유는 알수 없다. 자동차가 빈부의 척도가 되지 못하는 지금, 차와 관련된 모든 것이 우리 일상을 지배하고 있다. 파트너가 있는 사람이라면 새 차를 사거나 할 때 거의 예외 없이 이런 생각을 한다. '이 차에서 한번 해보면 어떨까.' 한 뼘의 주차 공간도 부족해 아우성인 서울이지만 밤늦은 시간이나 새벽의 한강 둔치, 서울대 후문의 낙성대 길, 수서역 주변 등이 주차한 상태에서 밀회를 즐기기에 좋다는 것은 너무 유명해서 백만 인의 상식이 되어버렸다. 사람들마다 각각의 취향이 있어서 기호가 다양하다. 비 오는 날 히터를 틀어 유리창에 김이 서리게 한 상태가 좋다, 차들이 달리는 대로변에서 자동차 커버를 씌운 채로 하는 것이 좋다, 한밤중에 문을 닫은 주유소가 좋다 등등. 서울에서 가깝고 사람들에게 알려지지 않아 환상적인 고즈넉함을 가진 곳으로는 XX공원묘지가 있다. 대북 방송이 들릴 때는 좀 시끄럽지만 달이 없는 밤, 끝도 없이 펼쳐진 인공의 묘지 사이에 있으면 아주 황량한 도시적인 정서가 느껴진다. 그것은 아름답고 평화로운 자연을 대하는 것과 또 다른 종류의 서정이다. 색으로 표현한다면 안개 가득한 날의 석양 같은 메탈릭 핑크라고 할 수 있다. 남산이나 북악 스카이웨이의 드라이브 코스도 한때 인기가 있었다. 북악 스카이웨이의 팔각정이 공사 중이던 때 그곳 관리인은 팔각정 공사장으로 들어가려는 차들을 내쫓느라 밤새도록 바빴다는 후문도 있다.

의문 첫번째. 사람들은 왜 차에서 하는 것일까. 여관비가 없어서? 아마 아닐 것이다. 단순한 호기심? 분위기를 바꾸고 싶어서? 완벽하게 단둘만이 있고 싶어서? 요나 콤플렉스 때문에? 옷을 입고 벗기가 귀찮아서? 오토족이 되었다는 기분을 만끽하려고? 여관방에 들어가면 엄마 아빠가 생각나기 때문에? 데이트의 분위기를 중단하기 싫어서? 아마 대개가 맞을 것이다. 그러나 그중에는 택시를 타기 싫은 이유와 마찬가지로 해서 차에서 하는 사람들도 있을 것이다. 택시를 타기 위해서는 거리로 나가야 한다. 손을 들어 택시를 세워야 한다. 운전수에게 행선지를 말해야 한다. 그 택시의 운전수가 붙임성이 좋은 사람이라서 대한민국의 온갖 정치, 경제, 사회, 문화에 대해서 논할 때 거들어주고 같이 비분강개해주어야 한다. 골목으로 들어가자고 부탁해야 한다. 그런저런 이유로 택시 타기를 싫어하는 사람들이 있다. 택시 운전수가 싫다는 것이 아니고 그런 식의 인간관계의 콘택트(contact)가 싫은 것이다. 극히 개인적인 욕망을 극히 개인적인 방법으로 해소하려고 하는 때에는. 처음부터 끝까지 마치 택시 운전사 같은 관계없는 사람을 만나지 않아도 되고 말을 걸지 않아도 되고 돈을 건네는 거래를 할 필요도 없다. 저 사람이 나를 어떻게 보나 하는 생각조차 할 필요가 없다. 상식과는 역으로, 극단적인 체면의식이 차에서 하도록 하는 것일 수도 있다.

의문 두번째. 대략적인 서베이(survey)의 결과인데, 사람들의 관심도와는 다르게 의외로 실제 차에서 행위를 해본 경험자는 그다지 많지 않았다는 것. 카바레나 호스트바가 어떤 곳인지 너무나 잘 알고는 있지만 실제 가본 사람은 의외로 별로 많지 않은 것과 비슷하다. 내가 선택한 표본이 생각보다 보수적인 집단이었을 수도 있다. 그러나 조금 의외였던 것은 사실이다. 나는 이렇게 생각해, 내 친구는 이랬어, 하고 잘 말하면서도 정작 자신의 일에 이르러서는 자신 없는 듯이 사실은 난 말이야, 아직 그런 것 해보지 않았어, 하고 고백한다. 하고 싶기는 해? 하고 물으면 '응, 난 생각이 있지만 상대편을 설득하거나 내가 그런 것을 좋아한다고 먼저 말하는 것이 어색해. 분위기가 조성되어야지.' '차가 소형이라서 좀 민망해.' 이런 식이다. 사람들은 참 많이 다르다, 하고 싶은 것과 하는 것이. 사회의 변화는 눈부시도록 빠르고 사람들의 삶의 형태도 발전하고 개인주의는 극으로 달리고 정보 통신은 지상의 낙원을 가져다줄 듯하고 이십대의 학위 소지자들이 넘치고 소프트하고 아이디어풀하고 스피디한 벤처라는 단어가 가치관을 지배하는 듯한 이런 때에, 의외로 그 표면의 아래에는 느리게 변하고 시간이 천천히 가고 고집이 있고 속도를 따라가지 못해 갈등하는 우리의 또 다른 모습이 있는지도 모르는 일이다.

4 · 정치인의 섹스어필

몇 년 전 치치올리나란 이름이 신문의 토픽난을 심심치 않게
장식하던 때가 있었다. 치치올리나는 포르노 배우 출신인데 이
탈리아의 국회의원에 출마했다고 해서 화제가 되었다. 더욱 사
람들의 관심을 끈 것은 그녀가 아직도 젊고 아름다울 뿐 아니
라 관능적인 매력도 간직한 채로, 그것을 숨기지도 않고 정치
라는 분야에 뛰어들었기 때문이다. 나는 외국에서 살아본 적이
없어서 잘 모르겠지만, 적어도 한국에서는 그것이 전혀 불가능
하고 또한 상식에 맞지 않는 일이기 때문에 화젯거리가 되었다.
물론 진지한 화젯거리는 아니다. 도대체 포르노 배우 따위가
국회의원을 하다니, 말이 되지 않기 때문이다. 관료적 엄숙주의
가 일방적인 비판의 대상인가, 부가가치가 거의 없는 종교나 은

둔생활이나 인문과학처럼 이상적인 진지함의 일부인가, 하는 것을 논의할 생각은 없다. 단지 그때 유명해진 것은 치치올리나가 나온다는 포르노 필름이었다. 실제로 그것을 본 사람은 드물었는데 〈메이드 인 타이완〉처럼 대량으로 나돌지는 않았기 때문이다. 그 필름에 등장하는 것 중에 사람은 치치올리나 한 명뿐이라는 말을 해준 사람은 문화평론가 L씨였다.

성적 매력을 풍기거나 성에 관한 화제, 성적인 것을 연상시키는 암시는 오늘 우리의 모든 인위적 환경을 지배하고 있다. 거의 모든 광고, 영화, 대중매체, 텔레비전의 아홉시 뉴스까지. 남녀노소 모두에게 수많은 과장된 정보를 공급하고 있으며 자신의 성적 능력에 대한 히스테리에 시달리게 하고 있다. 대중매체에 의하면 화려한 인생의 주인공이 되는 것은 언제나 슈퍼맨과 탱크걸이기 때문이다. 그들은 타잔과 제인처럼 아름답고 강하고 그리고 오나시스와 재클린처럼 부자이고 로미오와 줄리엣처럼 비극적인 운명마저도 독차지한다. 그래서 모든 평범한 사람들은 그들을 부러워하고 그들과 닮기를 바란다. 그런데 정치인은 어떤가. 좀 다르다고 본다, 적어도 한국에서는. 5공화국 시절에 대통령의 부인을 '국모'라고 부르는 사람을 본 적이 있다. 나라의 어머니라는 뜻인데 퍼스트레이디나 영부인과는 매우 다른 어감을 준다. 정치인이나 그 관련된 사람들에게는 그들을 국민의 존경을 받으며 그들을 선택받은 어른으로 생각하는 경

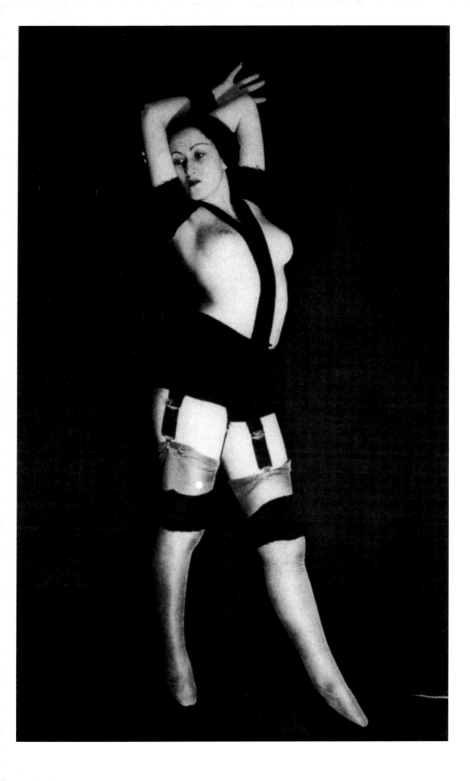

향이 남아 있는 것이다. 그들의 권력이나 위치가 단지 위임된 것일 뿐이라는 것은 이성에 의한 생각일 뿐이지 완전히 체화된 사고방식은 아닌 것 같다. 정치인이란 위의 두 가지 요소를 모두 갖추고 있는 계층이란 생각이 든다. 합리적이고 민주적인 전통이 있다고 공인되는 미국에서도 케네디는 신화가 되고 무비 스타 못지않은 사랑을 받는다. 지금은 직접 선거와 지방 자치제의 정치가 일반적인 방법이 되었다. 행정은 서비스라고 공언한다. 정치인들이 텔레비전이나 인터넷을 통해 유권자들에게 미소를 보내고 있다. 요즈음 정치가가 되려면 포토제닉한 외모에다가 굉장히 사교적인 성격을 타고나지 않으면 좀 힘들지 않을까, 생각해본 적이 있다. 지난번 선거 때 나는 인터넷으로 메일을 받았다. 보낸 사람은 자치단체의 장으로 출마한 사람의 부인이었다. 물론 나에게만 보낸 것은 아니다. 그 지역의 모든 유권자에게 보냈을 것이다. 내가 그 메일을 기억하는 이유는 다른 정치인들의 메일처럼 공허한 자기 선전이 아니고(사실 출마한 사람 정도 되면 자랑이 얼마나 많겠나. 다들 인간성도 좋고 가방끈도 길고 정의롭다. 세상에 그런 영웅이 없다) 한 여자로서 이혼한 한 남자를 만나 사랑을 느끼고 결혼하게 된 로맨틱한 이야기였다. 여기서 한 남자란 그 입후보자이다. 그 남자가 다른 남자보다 더 대단하다든지 국민을 위해 더 노력한다든지 하는 얘기는 없었다. 아마도 선거에 치명적인 핸디캡으로 작용할 것이 분명한 그들 부부의 이혼과 재혼 경력에 대한 사람들의 부정적인 시각을 없애려는 계산된 메일이라는 생각이 들었다. 그러나 그것이 보내진 정치적인 내막은 그렇다 해도 그것에는 또 다른 무엇이 있었다. 그 메일은 공인인 정치가를 한 사람의 남자로, 로맨틱한 스토리의 주인공으로, 심지어는 직접적인 표현은 없었지만 여자를 가슴 두근거리게 만들 수 있는 섹스어필한 남자로 연상 가능하도록 한 것이다. 한국의 정치적인 상황에서 그것은 입후보자나 유권자 모두에게 익숙한 것은 아니다. 내 생각으론 그 입후보자의 부인은 여자들에게만 그런 메일을 보내지 않았을까 생각한다. 그것을 읽은 여자들이 그 입후보자에게 투표했다면 그것은 정치인의 섹스어필이 긍정적으로 작용한 케이스에 해당할 것이다.

독재자의 카리스마도 결국은 섹스어필이라는 말이 있다. 나치 시대의 여인들은 정말로 아돌프 히틀러를 사랑했다. 나는 그 사랑이 진정이었다고 믿는다. 모택동 시대의 중국도 그랬을 것이고 김일성이 살아 있을 때의 북한도 마찬가지였을 것이다. 그것도 결국 대중을 다루는 한 방법이 아니었을까. 독재자는 아닐지라도 많은 사람들의 관심과 애정을 받는 것이 유리한 한국의 정치가들이 유독 섹스어필한 문제에 이르러서는 굉장히 초연한 표정들을 짓고 있다. 유권자들도 마찬가지다. 정치가가 섹스어필한 것과 섹스어필한 대중 스타가 정치가로 되는 것과는 다르다. 전자에게는 그것이 일부이고 도구인 반면 후자에게는 전부이고 목적인 것이다. 하지만 대부분의 정치인들에게 섹스어필이란 단어를 들이대면 싫어할 것 같다. 아마도 천박하다고 생각하고 있는 듯하다. 혹은 복잡한 여자관계나 매스컴이 만들어내는 섹스 스캔들의 문제와 혼동하고 있든가 아니면 동양적인 위계 구조상 너무 나이가 많아서야 정상의 자리에 오르기 때문에 그런 문제에 관심도 흥미도 사라져버렸을지 모른다.

5 • 옥사나가 그렇게 생각한 이유

J라는 잡지에 한국에서 일명 인터걸로 일했던 옥사나라는 여자의 수기가 실렸다. 그녀는 서울로 가서 일하면 큰돈을 벌 수 있다는 브로커의 꼬임에 넘어가 넉 달 반 동안 한국에서 매춘을 했다. 그런데 기대와는 달리, 큰돈을 벌 수도 없었고 노동 조건도 아주 나빴다. 그녀는 실망에 차서 고향으로 돌아갔다. 수기 중에서 흥미 있는 부분은 그녀가 그동안 겪은 한국 남자들에 대한 대목이다. 그녀의 표현대로라면 한국 남자들은 테크닉이 좋지 않고, 사진을 찍으려 하는 등 파트너에 대한 배려가 전혀 없었고, 오럴 섹스 서비스를 아주 좋아하고 섹스를 여자에 대한 정복의 한 형태 정도로 생각하고 있고, 그래서 끝난 다음에는 자기가 얼마나 괜찮았는지 반드시 확인하면서 오늘 잘

에로티시즘은 그 대상의 부정성으로 인해 더 빛난다

안 된 것은 술 탓이라고 변명을 했다고 한다. 그리고 술을 많이 마시며 술과 섹스 이외에는 다른 취미가 없어 보이고 교양이 없는 것 같다고도 했다. 여기에 대해서 옥사나와 그 친구들의 의견이 일치한다고 했다.

어디까지나 남자들에 관한 이야기다. 어떤 의미에서는 국제적인 망신 아닌가. 이러한 그녀의 평가에 대해서 자존심 상해하는 사람도 있었고 그녀가 너무 단편적으로만 관찰해서 그렇다고 변명하는 사람도 있었다. 외국에 대해서 거의 모르고 한국 남자와 외국 남자들을 직접 비교해볼 경험이 없는 나는 옥사나가 왜 그렇게 생각했을지 궁금해졌다. 남자들의 의견은 이랬다. 옥사나는 한국에 돈을 벌러 왔다. 금발의 백인 매춘부가 인기 있다는 정보를 입수하고는 가벼운 마음으로 자발적 매춘을 선택했다. 한국인을 호구로 안 것이다. 그런데 그것이 쉽지 않으니 앙심을 가진 것이다. 그래서 그런 말을 했다. 또 하나, 옥사나는 매춘부를 대하는 한국 남자들의 태도를 가지고 한국 남자가 섹스밖에 모른다는 둥 교양이 없다는 둥의 말을 했는데 그것은 공정하지 않다. 그것은 한국 사회에서 관계의 특수성에 대해서 이해하지 못했기 때문이다. 프리 섹스를 가치관으로 받아들이지 못하는 중년 이상의 남자들에게 섹스 마니아니 하는 말은 너무 가혹한 평가다. 그들이 러시아 매춘부에게서 바랄 수 있는 것이 그것 말고 뭐가 있겠는가 등등. 그러므로 결론은 한국 남자들은 여자들에게 때와 장소와 상황에 맞는 적절한 대우를 하고 있다고 할 수 있다(이것은 남자들의 의견이다).

언젠가 한 친구에게서 들은 이야기다. 밤에 처갓집에 가야 했던 친구는 어쩔 수 없는 사정으로 상사들의 초저녁 술자리에 끼었다가 룸살롱 여자의 립스틱을 셔츠에 묻히게 되었다. 그것을 모르고 그 차림으로 처갓집에 갔던 그는 두고두고 아내에게 원망을 들어야 했다. 친구의 생각은 이랬다. 그 호스티스는 직업의식이 부족했던 것이다. 친구가 처갓집에 가야 한다고 분명히 말했음에도 불구하고 그녀는 조심하지 않았던 것이다. 아니 어쩌면 그 말을 들은 다음에 장난으로 일부러 그랬을 수도 있다. 그 친구는 개개인의 이런 부족한 직업의식이 작은 것에서부터 나라를 흔들리게 한다고 분개했다(전후의 일본 여자를 생각해보라!). 그 친구는 1980년대 그 격정의 시대에 변혁운동의 가운데에 있었고 아직도 신자유주의의 망상에 온통 휩쓸려버린 이 세대가 씁쓸하고 여자들의 성적·사회적 지위가 낮은 것에 대해서 이성적으로 공감하고 개혁의 필요를 느끼고 있는, 아주 지성적이고 양심적인 보통의 사람이었다. 그러니까 그가 이상한 아저씨족에 속하는 사람은 아니라는 뜻이다. 그는 그 룸살롱의 여자에게 손님으로서 당연한 대우를 요구했고 그것이 충족되지 못해서 분노한 것뿐이었다. 그가 그 여자를 착취한 것도 아니고 부당하게 희롱한 것도 아니니 당연한 것이다.

에로티시즘은 그 대상의 부정성으로 인해 더 빛난다

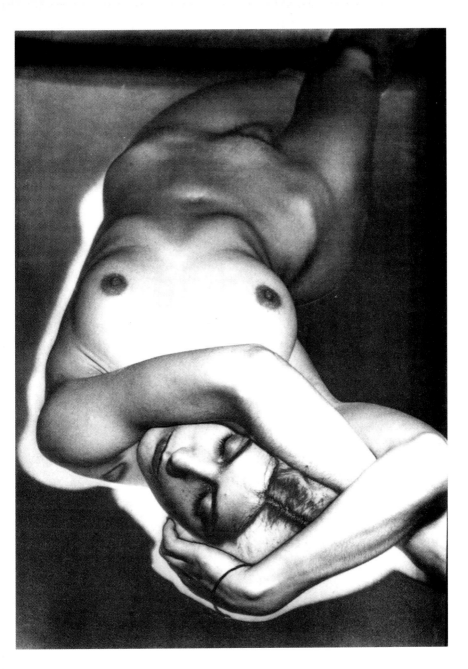

모든 사람에게는 각자 그 자리에서 자기에게 합당한 할 일이 있지 않은가.

"술 마시는 것 이외에 섹스만 하는 이런 사람들의 나라가 어떻게 해서 세계적인 공업국이 되었는지 알 수가 없다."(옥사나의 말)

옥사나는 그 친구와 같은 한국 남자들이 갖고 있는 독특하고 명료한 직업의식의 가치관은 미처 몰랐던 것이다. 그들이 제각각 그들의 상황에 따라 파트너에게 원할 수 있는 각각 다른 것, 그 명쾌한 관계를. 그 친구 식으로 말하자면 옥사나는 정말 직업의식이 흐리멍덩한 여자였다. 그녀는 즐기려고 온 것이 아니라 서비스 직종에 종사하기 위해서 왔다는 것을 깨닫지 못한 것이다. 옥사나가 잡지에서 쓴 것처럼 한국 남자들이 옥사나에게 그렇게 비쳤다면 그것은 단지 옥사나가 만난 한국 남자들의 선명한 역할 의식 때문이었을 것이다. 반드시 그럴 것이다.

6 · 버스 안에서

십대 시절 학교를 다닐 때 내 또래들은 대부분의 시간을 교복을 입고 보냈다. 그리고 대부분 버스를 이용했다. 물론 지하철이 있었지만 지금처럼 노선이 많지 않았기 때문이다. 지금도 그렇겠지만 러시아워의 버스는 사람들로 가득 찼다. 게다가 무거운 가방까지 들고 있었으니 행동이 무척 부자연스러웠다. 그렇게 시달리다가 학교 앞에서 내리면 이제 살았구나, 하고 한숨이 나왔다. 그래서 교실에 들어가면 불평이 쏟아졌다. 여러 가지가 있었지만 그중에서도 가장 무섭고 끔찍한 것은 만원버스 안에서 교복 입은 여학생들을 노리는 변태들에 관한 것이었다.

처음에 그런 일을 겪으면 무섭고 혐오스럽고 게다가 이유 없는 죄책감에 시달리기도 한다. 본인은 아무 잘못이 없지만 말이다. 그러다가 차츰 익숙해지면 버스에서 으레 있는 일로 생각하고 얼굴을 찌푸리게 된다. 뒤나 옆에서 이상한 짓을 하는 남자들이 있다, 그런 정도다. 그러다가 어느 순간에 궁금해진다. 도대체 왜 그러는 것일까. 도대체 어떻게 생긴 사람일까. 도대체 그 가족이나 가까운 사람들은 그런 사실을 알고 있는 것일까. 범죄에 대한 혐오를 넘어서서 이제 호기심이 생기기 시작하는 것이다. 나나 내 친구들은 아무도 그런 변태들의 얼굴을 정면으로 들여다본 일이 없기 때문이다. 여학생들의 가방에 이상한 사진을 집어넣는다든지 박쥐처럼 바바리코트 자락을 펼치고 그 안에서 이상한 손짓을 한다든지 귀 뒤에서 아주 외설스런 내용을 지껄인다든지 고의로 몸을 밀착시키거나 심지어는 좌석버스 옆자리에서 마스터베이션을 하거나 잠자는 척하면서 가슴을 덮치거나 버스에 흔들리는 척하면서 허리를 안는다거나.

보충수업을 마치고 집으로 돌아가는 버스를 기다리면서 우리는 그런 남자들에 대해 성토했다. 아아, 정말 싫어. 이상한 족속들이야. 분명히 정신병자들일 거야. 눈동자가 반쯤은 풀렸을 거야. 아니면 성적인 욕구 불만에 시달리는 노총각들이거나 너무 못생겨서 어떤 여자도 가까이 하기 싫어하는 그런 남자들일 거야. 왜소하고 초라할 거야. 만사에 자신이 없을 거야. 그러니 교복 입은 여자애들을 노리지, 만만하게 보이니까.

아무것도 실제로 아는 것은 없었지만 여학생들은 자기들 나름대로의 원칙이 있었다. 이상한 남자로 친다면 학교라도 그런 사람이 없는 것은 아니다. 학교는 공부 잘하는 아이와 그렇지 않은 아이로, 이 세상은 나쁜 사람과 그렇지 않은 사람으로 나눌 수 있고, 남자들은 변태인 남자와 그렇지 않은 사람으로 나눌 수 있었던 시절이었다. 원칙이 명쾌하다고 해서, 그런 존재들에 대해서 낯설지 않게 느꼈다고 해도 받아들이는 것이 편하지는 않았다. 학교를 졸업하고도 오랫동안 만원버스나 지하철을 타는 일은 손에 땀이 날 정도로 불안한 일이었다. 인적이 없는 어두운 골목길이나 좌석버스도 그랬고 심지어는 택시도 마찬가지였다.

그러다가 어느 날, 버스 안에서 그 사람의 얼굴을 똑바로 바라볼 기회가 생겼다. 누군가 코트 주머니에 손을 넣은 채로 내 뒤를 만지고 있었다. 그는 코트 주머니에 손을 넣은 채였기 때문에 바로 옆에 선 사람도 눈치채지 못할 정도였다. 나는 몸을 비틀고 눈치를 주었지만 그는 멈추지 않았다. 도리어 점점 대담해졌다. 나는 화가 났다. 이쯤에서 버스에서 내리려고 생각했다. 그래서 친구를 부르기 위해 몸을 돌렸다. 그때 의도하지 않게 그 사람과 눈이 마주쳤다. 여학교 시절 내내 우리의 불쾌한 화제가 되었던 주인공, 이 세상에 우리가 아는 공명정대하고 친절한 사람들의 반대편 그늘에 있다고 믿어지던 사람, 마음껏

미워하고 증오해도 죄책감을 느낄 필요가 없는 그런 종류의 사람, 결코 얼굴을 정면으로 마주치고 싶지 않았던 파렴치한 사건의 범인. 나는 십 센티미터도 되지 않을 거리에서 그 소문 속의 얼굴을 보고 깜짝 놀랐다. 그는 우리가 상상하던 인물과 달랐다. 그때 순간적으로 내 눈동자를 스쳐 간 그 사람의 모습은 너무 나이가 많았고 너무 권태로운 표정을 짓고 있었고 너무 평범하고 얌전하게 보였고 그리고 너무 불쌍했다. 왜 그런 생각이 들었는지는 알 수가 없다. 이 세상이 두 종류의 사람들만으로 이루어지지 않았다고 문득 생각이 든 것은 그때였다. 영영 모르면 더 좋았을 것 같은 사실이다.

7 • Sexless Marriage

서른 살이 넘고 아직 결혼하지 않은 여자 친구가 있다고 치자. 그녀가 만일 처녀라면 그 이유가 무엇일까 생각해볼 수 있다. 궁금하면 전화를 걸어 물어보면 된다. 당신이 남자라면 '아마도 유혹하는 남자가 없었겠지. 너무 못생겨서 말이야' 하고 간단하게 생각해버릴 수도 있다. 그러나 그 생각은 틀렸다. 전화로 물어본 친구들에게서는 당신이 생각지도 못했던 여러 가지 대답을 들을 수 있을 것이다.

첫번째는 하이틴 로맨스의 주인공형. 아직 그럴 만큼 사랑하는 남자를 만나지 못해서 처녀라는 대답. 이 경우는 상당히 고전적인 사고방식을 가진 친구다. 남자와 같이 자려면 그 남자가 자신에게 불멸의 사랑의 대상 정도는 되어야 한다고 믿고 있는 타입이라고 할 수 있다. 아니면 최소한 결혼의 대상으로는 여겨져야 한다는 식의. 이 친구는 프라이드가 강하고 자의식 과잉일지도 모른다. 예상 외로 상당한 미모의 소유자일 가능성도 있다.

두번째 종류로는 알리사형이 있다. 가족, 어머니나 자매의 문란한 생활을 가까이에서 보고 자라며 마음의 고통을 겪은 경험이 있다. 개인의 자유분방한 문란한 생활이 타인에게 주는 마음의 상처를 너무나 잘 알고 있는 것이다. 이런 친구는 그 반작용으로 거의 종교적인 처녀성 집착에 빠지게 된다. 남녀 간의 쾌락을 추구하는 육체관계가 곧 죄악이라는 공식에 무의식적으로 도달하는 것이다. 이런 친구는 의외로 상당히 진보적인 정치, 사회적 견해를 가지고 있는 경우가 있다. 여성학이나 동성애에도 관심이 있는 경우가 있다. 자유분방한 연애를 즐기는 친구의 고민도 잘 들어준다. 단, 자신은 스스로 지른 빗장에서 결코 나오지 않는다.

세번째는 춘향이형. 처녀로 남아 있는 것이 미래의 신붓감으로서의 자기 자신의 상품 가치를 올려준다고 생각하고 있는 형이다. 주로 마마걸들에게서 발견되며 아직 결혼에 대한 환상을 가지고 선을 보러 다니는 형이다. 수가 별로 많지는 않다. 그들 스스로도 신빙성이 없는 신화라는 것을 알고 있는 눈치다.

네번째는 님프형. 이 친구는 남자라는 것을 원래 좀 징그럽게 생각하는 경향이 있다. 귀엽고 발랄하고 외모에도 상당히 신경을 쓰는 편인데 남자들의 욕망 자체를 별로 매력적으로 생각하지 않는다. 이런 친구들이 좋아하는 타입의 남자는 친구나 남동생같이 귀엽고 깨끗하고 차밍한 미소년형의 남자들이다. 같이 줄넘기나 공기놀이를 해줄 수 있는. 여자 친구들끼리 몰려다니는 것을 좋아하고 남자 친구가 생겨도 여자 친구들과 같이 만나는 것을 즐긴다. 이들은 결혼이란 걸 꼭 해야 하는 이 사회의 관습을 슬프게 생각한다. 그러나 그 관습을 적극적으로 거부하지도 않는다. 체질상 별로 혁명적이지 않기 때문이다.

다섯번째는 루 살로메형이 있다. 이런 친구는 주변에 추종자가 많고 남자 친구도 많으며 애인이라고 믿게 만드는 사람도 있다. 그런데 이들은 정신적인 연애를 즐기는 형이다. 미모도 있고 지성도 있다. 그리고 여왕벌 기질이 있어서 추종자 없는 삶은 생각하지 못한다. 이런 타입의 친구는 남자 친구를 만나도 두 명을 한꺼번에 만나는 경우가 있다. 배타적인 상황에서 이루어지는 육체관계를 좋아하지 않는다. 소유욕으로 이루어지는 인습적 관계를 경멸한다. 그러나 내면적으로는 결벽증이 있을 수도 있고 독특한 행동을 해서 돋보이고 싶은 욕망도 강한 편이다. 이런 친구가 일제시대에 태어났더라면 굉장한 독립 전사가 되었을 수도 있다. 이 친구는 의식적으로, 굉장히 적극적으로 처녀성을 지키려고 한다. 남자 친구와 같이 여행을 떠나 같

은 방에서 잠들게 될지라도 몸에 손을 대지 못하게 하는 형이다. 그러나 남자 친구와 함께하는 여행 자체는 거부하지 않는다. 좋게 말해서 비범한 형이라고 할 수 있다.

그리고 마지막으로 무어라 말할 수 없지만 마리 바시키르체프를 연상시키는 부류가 있다. 바시키르체프는 초기 여성 해방 이론에 광적으로 경도되었던 여류 화가였다. 그녀는 몸으로 이론을 실천했다. 뛰어난 미모에 자유분방을 넘어 화류계 여자처럼 방탕하게 보일 정도의 삶을 살았던 그녀였지만 사후에 알려진 기록에 의하면 처녀성을 상실하지 않았다고 한다. 이런 타입의 친구는 특별난 기준으로 남자를 고르는 것 같지도 않고 도도하게 굴지도 않는다. 그러나 이 친구가 살고 있는 삶은 너무 드라마틱하고 흥미진진해서 숭배하고 싶어질 정도다. 물론 이 친구는 거의 1세기 이전에 살았던 바시키르체프와는 달리 여성 해방 이론과는 아무 상관이 없지만. 이 친구는 남자들과 뭐든지 다 한다. 뭐든지. 단지 삽입 성교만 제외하고는. 왜 그녀가 그토록 과격해 보이기까지 하는 삶을 살면서 처녀성에 집착하는지 이유는 정확히 알 수 없다. 굉장한 에고이즘의 소유자일지도 모른다. 아니면 나름대로 보수성의 기준이 확고할 수도 있고 어쩌면 혁명가일 수도 있다. 사회는 진보하는 반면에 어디로 튈지 모르는 호두알과 같은 무목적성의 문화도 포함하고 있다. 결혼이나 남녀 관계가 반드시 배타적인 성관계를 상징한다는 오래된 계약이 영원히 유효할까? 지금도 사람들은 계약에 의한 상대하고만 성행위를 하고 있는 것은 아니다. 실제로 결혼 제도가 그런 힘을 가졌던 적은 역사상 한 번도 없었을지도 모른다. 배타적인 관계란, 이제 문서상에나 존재하는 것으로 보인다. 그러나 그 반대의 경우는 어떤가. 저 사람과 성행위는 할 수 없거나 하고 싶지 않다. 혹은 반드시 그래야 할 필요를 찾지 못하겠다. 그러나 그와 결혼하고 싶다. 그와 우정을 나누면서 시간을 보내고 싶다. 그와 함께 인생의 황혼을 보내고 싶다. 같이 나이 들어가고 싶다. 왜 안 되는가? 가까운 앞날에 우리는 성행위 없는 결혼(Sexless Marriage) 혹은 개방형 결혼의 커플을 만나게 될지도 모르겠다.

인간의 몸 안에는
서로 다른 시계와 달력이 들어 있다

1 • 육식(肉食)의 한 형태

배가 나오고 대머리가 생기고 키가 작은 중년 남자.

별로 로맨틱한 그림은 아니다. 한국 남자들이 가장 콤플렉스로 느끼는 내용이라는 연구 결과도 있다. 이 글을 읽는 당신도 그런 모습일지도 모르고 주변에 최소한 한두 명쯤 그런 사람들을 알고 있을 것이다. 그리고 시간이 지나면 당신도 그런 모습이 될지도 모른다. 유전적인 요인이 있고 운동을 싫어하고 배부른 저녁을 먹고 싶어 하고 비가 오는 금요일 저녁은 예외 없이 기분 좋게 취하고 싶고 담배는 끊을 수 없고 여러 가지 정치적인 이유 때문에 이런저런 모임이 벌어지는 요릿집의 거나한 상차림을 피할 수 없다면. 그리고 대부분의 경우 아무도 이런 일상을 피해 갈 수는 없다. 그런 사람들을 여러 명 알고 있다. 그리고 그런 사람들 중의 일부는 상당히 독특한 식성을 가지고 있다. 흔히 말하는 혐오 식품 취향이다. 보신탕 정도는 일반화되어서 특별히 혐오 식품이라고 말할 것도 없지만 그 밖의 매우 예외적인 식성도 발휘한다. 그것은 백 퍼센트 육식이고 보통 사람들은 상점에서 구하기 어려운 것들이며 또한 목적이 반드시 미각만은 아니라는 특징이 있다. 몸에 좋다고 한다. 과학적으로 증명된 것은 아니지만.

이 글을 쓰는 사람이 성형외과 의사라면 모발 이식 수술이나 운동, 아니면 다른 수술 요법을 권할 테지만 그들은 솔직히 그다지 건강이나 외모에 신경 쓰는 부류는 아니다. 자신도 마찬가지고 다른 사람의 외모에 대해서도 너그럽다. 생신 대로 살면 되지 뭐 무리를 하나 싶은 것이다. 대학 다닐 때 여자 친구들과 프랑스 영화를 보러 갔는데 장 가뱅과 알랭 들롱이 함께 나오는 영화였다. 영화가 끝난 후 친구들은 모두 알랭 들롱을 칭찬했는데(정확히 말하면 그의 외모) 글 쓰는 사람은 장 가뱅이 너무 좋았다고 말하자 여자 친구들이 입을 모아 외쳤다.

"너 이상해. 그런 뚱뚱한 아저씨가 뭐가 좋다고 그러니. 그는 알랭 들롱을 돋보이게 하려고 캐스팅된 거야."

어쩌면 맞을지도 모른다. 그 영화를 보러 올 여자들에게 잘생기고 미끈한 알랭 들롱을 더욱 돋보이게 하기 위해서 그런 식의 캐스팅을 했는지도 모른다. 그러나 외모는 어떨지 몰라도

장 가뱅이 명배우인 것만은 확실하니 반드시 그런 것만은 아닐수도 있다. 이후로도 그런 비슷한 경험은 많이 했다. 그럴 때마다 느낀 것은 아름다움에 대한 사람들의 시각이나 취향이 믿을 수 없을 만큼 정형화되어 있다는 것이다. 그것은 뱀을 보고 느끼는 인류 공통의 혐오감처럼 본성적인 것일 수도 있고 매스미디어의 영향으로 무의식적으로 주입된 결과일 수도 있다. 그리고 정형화된 아름다움이 거의 도덕처럼 통용되고 있기 때문에 그렇지 않은 것도 아름다울 수 있다는 의견은 묵살되거나 좀 모자란 사람 취급을 받거나 변태로 받아들이거나 농담이나 내숭이라고 생각한다는 것이다. 그것은 소나 돼지를 먹으면 정상이지만 개나 뱀, 원숭이를 먹으면 혐오스럽다고 생각하는 것과 비슷하다.

사람은 누구나 원하는 것을 먹을 수 있는 정도의 자유는 있지 않을까.

배가 좀 나오면 어떤가. 대머리가 될 수도 있다. 키가 작은 걸어찌하란 말인가. 여자보다 남자가 더 키가 작을 수도 있다. 발가락에 무좀이 있을 수도 있고 얼굴이 펑퍼짐할 수도 있다. 배가 나오면 건강에 좋지 않다고? 이 세상에서는 아무도 완벽하게 건강할 수는 없다. 공해와 교통사고와 비행기 추락과 총 든 강도와 우울증에 의한 자살에서 완벽하게 자유롭다고 아무도 자신할 수 없을 것이다. 늙어 보인다고? 늙지 않는 사람이 어디 있는가. 늙어 보인다고 해서 모든 로맨틱한 시선에서 제외되는 것은 아니다. 그리고 연애에서 자유로울 만큼 늙은 사람은 아무도 없다. 이 세상에는 인위적으로 만들어진 기준이라는 것이 있어 거기에 미달하는 사람들에게 마치 잘생긴 주인공을 돋보이게 하기 위해 캐스팅됐다는 느낌을 갖게 해주는 경향이 있다. 신의 섭리는 알 수가 없겠지만 타인에게 따뜻한 마음을 갖게 되는 것은 외형을 넘어서고 있다. 문제는 그것이 노출되는 것을 부끄러워하거나 열등감을 갖는 데 있다.

이렇게 말하다 보면 우리 인생에서 정말 추하다는 것은 무엇인가, 하지 말아야 할 것은 무엇인가, 참아야 할 것은 무엇인가, 먹지 말아야 할 고기는 무엇인가, 이런 네거티브한 측면에 대해서 심각하게 생각하게 된다. 그런 것도 분명히 있을 텐데 아직 잘 모르고 있는 것인지 아니면 원래 모든 선악과 미추의 개념이란 고정관념의 결과일 뿐인지.

그러나 모든 것은 육식의 한 형태일 뿐인데 말이다. 애정을 표현하는 말 중에 너를 먹고 싶다, 라는 표현이 있다. 그것이 상징적인 표현이 아니라 직설법이라면 성욕과 식욕, 그리고 소유욕의 상관관계는 우리가 도덕으로 받아들이기로 한 약속보다 더욱 심오한 이면을 갖고 있는 것 같다.

2 · 시체란 무엇인가

처음에 그 개를 보았을 때, 그것은 회사에서 집으로 돌아오는 길목에 네 다리를 하늘로 뻗고 길가에 누워 있었다. 날은 어두웠기 때문에 나는 한참이나 지나간 다음에야 그것이 무엇이었는지 생각해낼 수 있었다. 개는 어두운 도로변을 어슬렁거리다가 달려오는 차에 머리를 부딪쳐 죽어버린 것이었다. 그래서 그 먼지투성이 길가에서 굳어가고 있었던 것이다. 그곳은 차들이 속력을 내서 달리다가 처음으로 커브를 만나는 곳이고 세이프티 존(Safety zone)도 없어서 차를 세울 수도 없는 곳이다. 운전을 하다가 죽은 개를 보게 되는 일은 흔하다. 그들을 누가 치우는지 도무지 알 수가 없다. 하지만 하늘로 네 다리를 향하고 뻣뻣하게 누워 있는 개는 처음이었다.

그다음 날 내가 그곳을 지날 때 개는 여전히 그곳에 누워 있었다. 그다음 날도. 그리고 주말이 지나고 내가 다시 늦은 퇴근길에 그곳을 지나게 되었을 때 개의 네 다리가 반쯤 사라진 상태였다. 몸도 훨씬 작아진 것 같은 생각이 들었다. 빠른 속도로 그곳을 스쳐 지나왔기 때문에 자세한 것은 알 수가 없었다. 그러나 하루가 다르게 어린아이가 자라고 꽃이 시드는 것처럼 개의 시체도 빠른 속도로 변하고 있었다. 무더운 날씨와 밤이슬과 차들이 내뿜는 먼지나 그런 것 때문일 수도 있고 작은 동물들이 먹었을 수도 있고 다른 이유일 수도 있다. 어쨌든 개의 시체가 눈에 띄게 훼손되고 있었다.

다음 날은 점심 식사에 친구를 집으로 초대했기 때문에 퇴근길에 슈퍼마켓에 가서 생선을 사 가지고 왔다. 생선요리를 거의 해본 적이 없었지만 그 친구가 생선을 좋아했기 때문이다. 밤늦은 시간이었지만 슈퍼마켓에는 사람들이 많았다. 나는 책에서 읽은 대로 유난히 통통하고 비늘이 반짝거리는 생선을 샀다. 집에 돌아와 토막 난 생선을 씻는데 문득 이상한 것이 있어서 보니 배 부분의 토막에 삐죽 머리를 내밀고 있는 작은 생선의 머리가 보였다. 나는 불빛에 더 자세히 비추어 보았다. 뱃속의 생선은 하나도 소화되지 않은 채였다. 머리는 뾰족한 청색이고 눈은 윤기 없는 검은색이었다. 새삼스러울 것도 없는 사실이지만 나는 이 작은 생선과 슈퍼마켓에서 샀던 토막 난 생선과 내가 먹이사슬의 전형 위에 있음을 깨달았다. 물론 최후의 먹이사슬 사이에는 돈이라는 매개가 있었기에 가능했지만. 나는 내가 먹기 위해서 생선을 샀음에도 불구하고 그때 왜 그렇게 육식이 싫어졌는지 모른다.

우연히 다른 사람의 주민등록증을 보게 될 기회가 있었다. 그의 주민등록증에는 붉은 하트 모양의 스티커가 붙어 있었다. 장기 기증과 각막 기증을 표시하는 스티커였다. 심장과 신장과 간이나 각막이 없는 상태로 천국에 가고 싶었던 것인지 그것은 잘 알 수가 없다.

단지 시체일 뿐인데 그것이 훼손되는 것을 지나치게 겁내고 있어서 화장되는 것도 마음 깊이는 바라지 않는 사람들이 많다. 눈에 보이는 죽음이란 근본적으로 몸의 문제다. 몸은 집착이기 때문이다. 죽은 몸이 되살아나는 것은 호러 영화의 흔한 소재도 된다. 죽은 몸이란 악마만큼이나 공포의 대상이기도 한 것이다. 타인의 죽음이 없으면 살아갈 수가 없다. 먹이사슬 때문이다. 그 타인이란 광범위한 개념이어서 나 또한 언제든지 다른 상대에게 타인이 될 수 있다.

그렇게 살고 있지만 사람들은 시체에 대해서 너무 많은 금기와 신화와 공포와 예외를 만들어놓았다. 사람의 시체는 먹으면 안 되고 성관계 등으로 모욕해서도 안 되고 머리를 자르든가 하는 훼손을 해도 안 되고 박제로 만들어서도 안 되고 심지어

는 아주 가까운 사람들 말고는 봐서도 안 된다. 그러므로 장기를 털어내서 시체를 너덜너덜하게 만드는 장기 기증을 싫어하는 것은 당연하다. 공익이 최고의 선이라고 생각하는 사람들조차 망설인다.

젊은 사람들은 결정을 내일로 미루고 있다가 길가의 개처럼 갑자기 죽고, 나이 든 사람들은 오래된 몸만큼의 아집이 생겨서 몸을 포기하지 않는다. 단정한 상태로 죽지 않으면 나중에 귀신이 되어서도 추할 것이라는 생각을 한다.

가끔은 살아 있는 시체들을 만나기도 한다. 낮에는 어두운 지하의 셋방에서 잠자고 밤이 되면 밥을 먹으러 나오는 사람들이 있다. 생계를 위한 최소한의 돈만 번다. 더 이상은 일하지 않는다. 아는 사람을 만들려고 하지도 않으며 은행 거래를 하거나 종교를 갖거나 여자(남자)를 사귀려고 하지 않으며 이름이 알려지거나 인정을 받거나 하는 것도 싫어한다. 우리 사회는 에너지의 과부하에 걸려 있는지도 모른다. 그런 종족들이 이상하게 보이기도 하니 말이다. 생산성과 부가가치라는 면에서 본다면 정말로 쓸데없는 인종들임에 확실하다. 신한국인이니 하는 가치에서는 영 동떨어져 있는 것도 확실하다. 가족을 거느리면서 살거나 아니면 가족을 부양하거나 혹은 엄청난 추진력을 가지고 기차처럼 앞으로 나가고 짓밟히거나 남을 짓밟으면서 살고 그리고 일요일에는 평소 경멸하고 있는 것이 분명한 가난한 자를 위해서 기부금도 내면서, 그렇게 살지 않으면 어쩐지 시체같이 느껴지는 삶. 이윤을 남기지 않는 것은 죄악이란 말도 있다. 그 말이 맞다면 시체로 살아가는 것은 분명히 죄일 것이다. 아마 그래서 그 사람이 각막과 장기를 기증했을 것이다. 천국에 가고 싶어서. 그런데 시체가 아닌 사람들은 시체인 사람들을 만나면 불쾌해하거나 경멸하거나 거북해하거나 싫어한다. 시체인 사람들도 시체가 아닌 사람들의 부지런함과 영악함을 부담스러워한다. 그런 우리 모두 천국에 가서 어떻게 사이좋게 사나?

Chapter 4 인간의 몸 안에는 서로 다른 시계와 달력이 들어 있다

3 • 색(色)의 기원

인간은 개나 고래나 바퀴벌레처럼 하나의 종이다. 그런데 또 다시 인간 안에서도 너무 많은 종으로 나뉘어 있다는 기분이다. 우리가 흔히 인종이라고 부르는 것, 그리고 흔히 민족이라고 부르는 것, 그리고 흔히 계층이라고 부르는 것들. 아마도 인간은 개나 고래나 바퀴벌레보다는 고등한 생물군이니까 복잡한 사회를 구성하는 것이 당연할지도 모른다. 개나 고래나 바퀴벌레도 환경에 따라 다른 모양을 하고 태어나지만 단지 그 이유 때문에 그토록 무수한 갈등이 일어나지는 않는다. 진화의 정도는 고뇌의 정도와 비례하는 경향이 있는 모양이니 인간의 생이 고행이 된 것을 슬퍼하기만 할 일은 아닐 것이다.

여러 인종이 모여 사는 나라에서도 백색 인종은 상류층의 모델이 된다. 유색 인종은 그 반대의 경우다. 거의 예외 없는 원칙이다. 왜 그럴까? 백인이 오래전부터 부와 권력을 차지하고 있었기 때문에? 산업혁명의 열차를 먼저 집어탔기 때문에? 모든 역사와 예술과 진보가 그들을 중심으로 서술되고 발전되었기 때문에? 아마 그럴 것이다. 하지만 그런 이성적인 문제들의 너머에 색에 대한 인간의 본질적인 느낌이 있었을 수도 있다. 그런 것을 가정해볼 수도 있다.

하얀 것은 아름답다. 함부로 할 수도 없을 것 같고 숭배하거나 경외심을 불러일으킨다. 처녀나 왕족의 몸을 연상시킨다. 남자라면 그것은 화이트칼라나 지식 산업 종사자를 상징한다. 현대에 그것은 새로운 왕족의 이미지다. 특히 야외 활동에 열광하지 않는 동양인에게는 더욱 그렇다. 언더그라운드 문화가 다양하게 받아들여지는 요즘에는 혼혈이 아닌 아프리카 흑인이나 동남아시아의 소수 인종도 아름답다는 것을 인정할 수는 있다. 그러나 어디까지나 언더그라운드 시점에서의 이야기다. 아직도 많은 수의 남자들은 미지의 하얀 소녀에 대한 환상을 가지고 있다. 피부를 하얗게 하기 위해서 아시안 여자들은 화이트닝 화장품에 돈을 아끼지 않는다. 88올림픽 게임을 전후해서는 백인 남자 친구를 사귀는 것이 한국 소녀들의 꿈이었던 때도 있었다. 그때 그 소녀들의 이유는 백인 남자들이 잘생기고 키도 클 뿐만 아니라 결정적으로 영어도 잘한다는 것이다(우습지만 진지한 이유다).

백인이 아름답다는 것이 단지 정치적 역사 진행의 결과이기
만 하다는 것에는 좀 회의적이다. 말로는 동양적인 아름다움을
떠들고 있지만 모두가 백인을 닮기 위해서 애쓰고 있다. 단지
그들이 우리보다 부유해서라고 말하기에는 좀 부족한 그 무엇
이 있다. 색(色)에는 정치 문화적으로 해석된 이차적인 의미 말
고도 본질적인 성격이 분명히 있다.

이상한 것은 최근 들어 남자들의 몸이 여자들보다 더 하얗
다는 것이다. 하얀 피부는 동양인 내에서도 여성성의 상징이었
다. 남자들의 경우는 반대였다. 선탠족이나 스포츠맨을 제외한
다면 남자들은 거의 햇빛을 보지 못한 불투명한 연한 노란빛의
등을 가지고 있다. 아침부터 밤까지 실내에서 일하고 빛이 투과
되지 않는 보수적인 복장을 하고 다니기 때문이라는 생각이 든
다. 직장에서의 복장에 대해서 말하자면 여자들이 더 자유롭
다고 할 수 있다. 아마 그런 영향이라고 생각한다. 백인이나 흑
인에 비해서 상대적으로 육체적인 정체성을 찾기 힘들다고 생
각한다. 너무 얌전하고 바이탈리티가 떨어지고 성적인 선명함
도 부족하다. 초라해 보이기까지 하다. 화이트도 아니고 블랙도
아니다. 베트남에서 온 듯한 노동자들을 보면서 역시 동남아인
들은 어쩐지 빈곤스러워 보인다, 라고 말한 사람이 있었다. 그
렇게 말한 사람은 한국 사람이었고 그도 백인들의 나라에 가

면 그다지 달라 보이지 않을 것을 생각하지 못하고 있는 듯했다. 베트남이 우리나라보다 부유하지 못한 나라이기 때문에 그가 쉽게 그렇게 말했을 거라는 생각이 든다. 이민족의 나라에 와서 일하면서 그런 말까지 듣고 있는 그들을 보니 마음이 편하지는 않았다. 우리도 선진국에 가면 그다지 다르지 않을 것이다. 민족의 문제에 돈 문제가 개입되면 참 마음이 씁쓸해진다. 그래서 사람들이 민족, 아니면 계급을 명분으로 피를 흘렸을 것이다.

피부색은 타고나는 것이니 그것 때문에 갈등하면서 시간을 낭비하는 것은 어리석은 일일 것이다. 그러므로 아시안에게도 마틴 루터 킹 같은 인물이 나타나 '누런색은 아름답다'고 색(色)의 정체성을 선언하는 일이 필요하지 않나 싶다.

인간의 몸 안에는 서로 다른 시계와 달력이 들어 있다

4 • 달팽이

한때 인기 있던 텔레비전 드라마의 제목이 아니다. 한때 유행하던 노래의 제목은 더욱 아니다. 어느 책에 이런 구절이 있었다.

'언어는 여전히 하나의 울타리일 뿐이며, 인간은 결국 자기 자신만을 체험할 뿐이다.'

글을 다루는 사람은 더욱 잘 알 것이다. 언어란 사용할수록 얼마나 감옥이 되는가를. 말을 꺼낼수록 멀어져만 가는 나, 내 머릿속의 폭풍과 석양은 내가 태어나 얻은 단어로는 설명할 수 없는 것이어서, 너에게 꺼내 보여줄 수가 없다. 혹 그럴듯해 보일지라도 그래서 노래가 되어 나오더라도 이 세상에 나온 이상 그것은 이미 본질이 아니다. 정신의 울타리가 언어라면 감각의 벽은 몸이다. 나는 내가 느끼지 못한 세상은 영원히 알 수가 없다.

달팽이는 촉각으로 세상을 인식한다. 맑은 이슬과 바람과 햇빛과 나비의 날갯짓을. 그러나 먼 허공, 수천 킬로미터를 여행하는 새와 겨울밤의 유성과 파도치는 검은 바다에 대해서 어떻게 달팽이에게 말할 수 있나. 달팽이는 이해하지 못해도 행복할 것이다. 어차피 그런 것들이 달팽이의 인생을 별로 다르게 해주지도 않을 것이다. 숲 속의 달팽이는 죽는 날까지 달려도 바다에 가지 못할 것이고 간다 할지라도 굶어 죽을 것이다. 그러므로 달팽이는 그 촉각 이상의 것을 그리워하지는 않을 것이다.

우리가 세상을 경험하는 일차적인 통로인 몸은 근본적으로 달팽이와 다르지 않을 것이다. 의사소통의 부재는 이제 더 이상 새삼스러운 비극은 아니다. 잘못하면 진부한 감상으로 들리기도 한다. 몸으로 세상을 느끼고 타인을 느끼지만 언제나 그 결과가 다르다는 것을 알고 있다. 우리는 법률과 교통 규칙과 예의범절과 공공의 질서와 사회적 지식을 공유하지만 아주 가까운 사이에도 서로 편하게 느끼는 잎사귀와 이슬의 감촉이 다름을 알고 있다.

인간이 진화할수록, 아무리 좁은 공간을 나누어 생활하더라도 사람과 사람의 사이는 멀어진다. 원하지 않아도 어쩔 수 없다. 그 모든 것을 인정하기에는 노력이 필요할 수도 있다. 가까운 사람이 겪는 클라이맥스와 고통과 좌절을 우리는 모른다. 설사 설명한다 할지라도 알 수 없다. 짐작할 뿐이다. 아무리 사랑해도 죽음을 덜어줄 수는 없다. 우리 모두의 몸 안에는 서로 다른 시간의 시계와 달력이 들어 있어, 타인 안의 시간과 계절을 알 수가 없다. 진정 일생을 통해 체험할 수 있는 것은 자기 자신뿐이다. 다른 모든 것은 단지 이해하고 견디는 것에 불과하다.

몸이란 굉장히 고독한 것일지도 모른다. 그것이 성적인 것을 의미하고 현대의 온갖 섹스어필한 광고의 이미지를 상징하고 보편적인 미의 기준을 제시하고 때로는 에너지가 넘치고 온갖 보이는 것들만으로 과장된 오르가슴을 강요하고 있는 이 시대에도 불구하고. 그러나 자기 자신만의 몸을 안아보았을 때, 그때 어느 순간 불현듯 연민을 느끼게 된다. 몸이란 절대로 공유할 수 없는 극단으로, 개인적인 모든 감각의 절정인 것이다. 태어날 때부터 죽는 날까지 아무에게도 말하지 못한 비밀을 하나 지닌 채 이 세상을 떠나게 되는 바로 그런 느낌이다.

그 비밀의 고독을 견디지 못하여 자살할 수도 있다. 이렇게 말하면 '아, 허무주의를 즐기시는군요' 이렇게 받아들이는 사람들이 있다. 그러나 나는 여기서 왜 굉장히 객관적인 사실을 있는 그대로 사람들이 인정하지 않을까 궁금해진다. 나는 인간이 허무하거나 인생이 비극이라고 감상을 말하는 것은 아니다. 지금 우리는 사실 고독하기 때문에 불행한 사람은 없다. 돈이 없기 때문에 불행한 사람은 셀 수도 없이 많다. 대개의 경우, 돈은 오락과 문화와 친구와 애인을 만들어준다. 사실을 있는 그대로 받아들이면 된다. 돈은 이제 속물의 표상을 넘어 하나의 철학이다. 부끄러워하거나 격이 낮다고 의기소침해할 필요는 없다. 요는 사람의 육체는 정신 이상으로 별개이며 그 상태 그대로 사회를 이루어 잘 살아가고 있다는 이런 현실일 뿐이다. 그러므로 민족이나 계급에 대한 환상은 말 그대로 환상일 뿐일지도 모른다. 우리가 공유할 수 있는 것은 그렇게 하기로 계약된 것뿐이므로. 그러므로 인간은 굳이 데카당해지려고 노력할 필요는 없는 것 같다. 자신의 특이한 성 취향을 자랑할 필요도 없고 청소년이 혹시 어두운 성의식을 가지게 될까 봐 걱정할 필요도 없어 보인다(어둡지 않은 성의식이란 또 얼마나 썰렁한가). 무지한 대중을 계몽하려는 목소리도 굳이 필요 없을 것 같다. 포즈를 취하지 않아도 몸은 이미 충분히 혼자다. 그 자체에 폐쇄성과 비극성과 극한의 개별성이 있다. 그런 몸은 죽기까지 혼자 있는 것을 택하고 싶을 것이다.

5 • 유한하므로 그립다

"당신은 나이 들었잖아요. 이제 시간이 흐르면 더 나이 들고 그리고 늙겠죠. 늙어 죽을 거잖아요. 그런데 왜 나를 사랑 안 해요?"

1998년 겨울에 나온 영화 〈정사〉에서 한 젊은 남자가 여자 주인공에게 구애하는 대사다. 감각적인 영상과 거기 어울리는 절제된 대사로 이어진 장면에서 그 남자는 여자에게 존재의 극한을 묻고 있다. 나는 그래서 그 대사가 인상적이었다.

지금 사람들은 결혼을 했거나(동거를 포함해서) 아니면 미혼일 것이다. 미혼인 사람들은 연인이 있거나 또는 없을 것이다. 결혼을 한 사람들 중에도 더러 연인이 있는 사람도 있을 것이다(오래 가지는 않겠지만). 그렇다면 그대, 왜 연인을 사랑하는가.

그 이유를 다 들자면 이 짧은 글의 양이 넘칠 것이다. 잘생기고, 부자고, 머리가 좋고, 자상하고 그리고 나를 사랑하므로. 물론 그중에는 다른 모든 조건이 불리하지만 순수하게 사랑하기 때문에 사랑한다는 사람도 있을 것이다. 물론 그럴 것이다. 오직 그 사람이어야만 하는 이유도 분명할 것이다. 더러는 너무나 외롭기 때문에 누군가 다른 존재가 필요해서라고 솔직하게 털어놓는 사람도 있을 것이다. 이런 문제에 있어서는 자신을 과시하기 위해 거짓말 같은 것은 할 필요가 없다. 그러므로 모두 맞다. 사람들이 모두 외롭다는 그 말 말이다. 산업사회가 진보할수록 어쩔 수 없이 사람이 외로워지는 경향이 있다. 전통적인 사회에서는 사람들의 울타리를 관습과 제도가 지켜주었으나 이제는 아니다. 그러므로 가족이 있는 사람도 안전할 수 없다. 개인의 문제이니 개인의 힘으로 해결해야 한다. 연인의 존재는 그렇게 해서 빛이 난다. 무조건, 전부가 다, 가난하든 부자든, 외롭기 때문이다. 왜 외로운가. 혼자서 죽어야 하기 때문이다. 그것을 알기 때문이다. 아무리 발버둥 쳐도 피할 수 없다는 것을 알기 때문이다.

생명은 짧고 육체의 젊음은 잠깐이다. 시간이 영원하다면, 불멸이라면, 나이 들고 늙어갈 운명이 아니라면, 영원히 젊다면, 이렇게 유한한 몸이 아니라면, 그래도 한 사람을 내 생명처럼 사랑할까. 사랑에 그토록 간절함이 있을까. 불안한 듯이 꼭 잡은 두 손을 결코 놓기 싫은 그런 존재가 있을까. 한 사람에게 구속됨으로써 얻는 충족감이 있을까. 같이 마주 보며 늙어갈 동반자가 있음이 그토록 감사할까. 언제나 변함없고 믿을 수 있는 그런 다정한 존재가 세상에서 가장 소중할까. 아마 상당히 다른 의미가 될 것이다. 사람이 연인을 그리워하는 것은 서로 남자고 여자이기 때문만도 아니고 잃어버린 반쪽이라서 그런 것만도 아니고 종족 보존을 위해서만도 아니다. 도저히 참을 수 없을 정도로 너무나, 너무나 유한하기 때문이라는 생각이 든다. 그러므로 당연히 나는 바로 당신이기 때문에 사랑한다는 식의 위안의 말은 안 믿는 편이다. 대상이 절대적이지 않다. 존재의 불안이 고독을 만들고 그래서 필요한 연인은 이미지로 남는다. 바로 그(녀)는 한때 나의 연인이었다는 이미지다. 이름과 주민등록번호는 중요한 것이 아니다. 그런 전제하에서 세기의 로맨스도 천하의 불륜도 상투적 통속극도 나오는 것이다.

나는 비판하려고 하거나 비관하고 있는 것은 아니다. 우주물리학자 스티븐 호킹은 결정론에 대해서 강연한 내용 중에 "모든 것은 이미 결정된 것인가'라고 묻는다면 그 대답은 예스이다. 그러나 우리는 미래를 결코 예측할 수 없기 때문에 차라리 아무것도 결정된 것은 없다고 말하는 편이 맞을지도 모른다"라고 했다. 유한하기 때문에 어떤 이미지의 대상이 그리운 것이나 그

대가 곁에 있어도 (바로 너!)그대가 그리운 것이 현실적으로 같은 결과를 가져온다면 굳이 이런 것을 따지는 것이 무슨 의미가 있는가.

Man Ray/Lydia and Wooden figures, 1932   © Man Ray/ADAGP, Paris-SACK, Seoul, 2000

6 • 욕망이 사라질 때

인생의 사이클을 생로병사(生老病死)로 표현한 철학이 있다. 그렇다면 욕망의 사이클은 무엇일까. 몸, 영혼, 에고, 그리고 마지막으로 죄의식이다. 욕망, 몸, 영혼, 에고 죄의식은 서로 분리될 수 없는 관계에 있기도 하고 서로가 서로를 생성시키고 서로를 상승시키고 그리고 억제하기도 하며 서로가 서로에게 인과관계에 있으며 서로가 서로의 연속선상에 놓여 있다. 물론 몸은 일차적으로 욕망을 상징한다. 그리고 욕망의 도구이며 욕망을 통해서 그 정체성을 확인받는다. 내가 왜 나인가. 왜 나여야만 하는가. 어떻게 더욱더 내가 될 수 있나.

이런 의문의 시작은 욕망에 있다. 그리고 이런 의문의 한가운데로 나아가는 것도 욕망의 진행이다. 다른 것은 없다. 우리에게 몸이 없다면 욕망도 없을 것이다. 우리에게 몸이 없다면 변별성 있는 자기 자신이 되고자 하는 에고도 없을 것이며 영혼(=정신) 또한 몸 밖에서는 존재하지 않는다. 개성을 규정하고 확인하는 가장 최초의 물질이 바로 몸이다.

우리는 한때 누구나가 다 이름과 얼굴을 가지고 있었다. 말하자면 이 세상의 몸을 가지고 있었던 것이다. 그런 영혼은 아주 짧은 시간 이 세상에 왔다가 사라진다. 형체가 없는 영혼은 어디서 아이덴티티를 얻을 것인가. 우리가 한때 가졌던 몸은 물질과 영혼으로 단순 분리하는 세계관을 넘어 상상했던 것보다 더 많은 의미를 가지고 있다. 그리고 우리는 욕망을 통해서 에고를 확립한다. 욕망에의 갈증과 그것을 희구하는 그리움의 과정이 있고 충족의 기쁨이 있고 자극이 사라진 이후의 권태가 있고 그런 식으로 자기 자신에게 끊임없이 집착한 후에 다가오는, 이유가 모호한 죄의식이 있다. 이런 과정은 욕망의 생로병사이며 인간과 인간 사이의 규정할 수 없는 힘이며 역사의 내용이기도 한다.

아무에게서도 도덕적인 설교를 들은 적도 없고 금욕을 강요당하지 않은 어린아이가 최초로 성적인 경험을 했을 때 불안한 죄의식이 드는 것은 무엇 때문일까. 그래서 자꾸만 숨기고 싶어지고 욕망의 해소와 그 이후의 죄의식의 고통도 홀로 느끼고 견뎌야 하는 것을 알게 되는 것은 왜일까. 이상하다. 동물은 그러지 않는다. 사람도 넓게 보면 동물의 무리에 들어간다. 그렇다면 욕망의 생로병사는 사람만의 문화인가? 직접 표현하지 않아도 결국 다 알 수 있게 되는 사람들만의 신호인가? 어쩌면 사람의 욕망은 너무나 무한대여서 스스로 사이클을 갖지 않으면 그 증폭되는 힘을 스스로 감당할 수 없기 때문에 죄의식이란 장치가 필요한 건지도 모른다. 몸이 사라진다면 욕망도 사라질 것이다. 그러면 영혼도 소멸하고 에고도 더 이상 그 추악한 모습을 드러내지 않고 할렘가처럼 우리 인생에서 어두운 그림자를 드리우고 있는 모든 죄의식도 사라질 것이다. 인생은 봄이 될 것이다. 나는 비록 무지하지만 수행이란 이런 경지에 오르기 위한 과정이 아닐까. 그런 경지에 오르면 무엇을 얻게 되는가, 왜 굳이 그런 경지에 오르기 위해 고생하느냐고 되묻는다면 할 말은 없지만 말이다.

욕망이 사라지는 그 순간, 생각하면 조금 슬프기도 하다. 왜냐하면 욕망과 함께 영원한 내 친구였던 내 몸과 이기적이고 비합리적이고 공명정대하지 못했던 나를 언제나 변명해주었던 나의 아이덴티티, 에고가 사라져버리고 사람들이 의미 있게 생각하는 영혼도 날아가고 내 은밀한 부끄러움, 수치심이나 죄의식도 남지 않을 것이다. 마치 핵전쟁이 일어난 것 같다.

앗! 인생의 봄과 핵전쟁이 같은 모습으로 연상된다니, 과연 무엇이 정말일까. 아주 오래전에, 누군가가 말했었다. 육체가

없으면 고통도 없다. 그러니 아가야, 그날 이후를 겁낼 것은 아
무것도 없단다, 라고.

경멸과 두려움 — 이충걸(《GQ》 편집장)

잠 속에서, 인식할 순 있지만 꿈의 변칙성과 모순을 조화시키지는 못하는 것처럼, 우리는 우리가 거주하는 몸에 관해서도 꿈꿀 때와 유사한 감각을 가진다. 몸은, 제대로 설파되기엔 너무 두렵고 추하며 거룩한 것이기 때문이다. 몸에 관한 기이한 터부들은, 예술적 창의성과 지성적 혁신이 숭배되는 시대에 적응된 사람들에겐 부적절한 것이기도 하다. 하긴, 자신의 복잡한 내적 모습들 ― 그러니까 기나긴 부정적 순간과 찰나의 긍정적 감정들로 뒤엉킨―과 육체적 아름다움을 획득해 하나로 통합하는 것은 분명 아주 고단한 일이다.

몸에 관한 담론은 시대의 변덕 속에서 기회를 모색해왔다. 그러나 그건 때로 아주 편협하기 짝이 없었다. 여자의 아름다움이란 지성과 단호함과 분리된 것으로 여기는 따위의 주장들 말이다. 살펴보면 어떤 작가도 사색적이고 주장이 강한 성격의 여자에게 멋진 외모를 주진 않았다. 한편, 현세의 삶에서 아름다움과 지성을 모두 가진 여자를 질투하는 건 아주 흔한 일이다. 그런 행운을 타고난 남자를 보고 부당하다거나 위협적이라고 말하진 않지만.

배수아에게서 몸은 호색적인 대상이 아니다. 그녀는 단지 우리가 우리의 몸에 관해 어떻게 생각하도록 유도되었는지를 보여줄 뿐이다. 몸의 주된 속성은 욕망의 기호, 성의 대상으로서의 무엇. 몸은, 전체적인 무엇이며 또한 행위이다. 그러나 고상한 어떤 사람들에겐 욕망을 드러내는 것이 축첩(蓄妾)을 하는 것보다 부도덕한 일이었다. 성적인 것은 동물적인 것, 또한 본능이며 두려운 것. 그러니 정신의 고결함 대신 저급한 비뇨기를 매달고 있는 신체란 얼마나 구차한 것인가.

그녀의 '몸'은 우리에게 근심과 불편한 느낌을 함께 불러일으킨다. 그녀에게는 어딘지 영적(靈的)이면서도, 우리가 호주머니에 숨긴 것들을 알아채는 양호 선생님 같은 호된 구석이 있어, 마치 텅 빈 방에 우리를 밀어 넣고는 가발 내부의 지저분한 그물, 혹은 버려진 팬티스타킹처럼 우리가 보기 싫어하는 부분을 눈앞까지 들이대고 죄의식을 요구하는 것이다.

배수아가 몸으로부터 추출하고, 탐사하고, 재방문하고, 선택하고, 구성한 몸은 어쩔 수 없이 여자에 관한 질문을 이끌어낸다. 사춘기 남자아이들은 늘어나는 근육과 테스토스테론 때문에 찬양되지만, 또래의 여자아이들은 막 피어나기 시작한 가슴과 늘어나는 지방 때문에 괴로워한 것이다. 외곽적 매력에 대한 근심은 남자를 규정하는 데 절대로 고려되지 않는 것. 남자는 언제나 보는 존재, 여자는 언제나 보여지는 존재였기 때문이다. 이를테면 타이트하게 위로 볼록 솟은 엉덩이를 만들고 싶은 여자들은 힐을 신는다. 그럼 몸의 균형을 잡기 위해 엉덩이가 이십오 퍼센트나 더 탄력 있게 모아진다. 그러나 그렇게 애타도록 부여잡는 섹시함이란 얼마나 허황하고 기계적인 것인가.

우선, 출산에 관해 이야기해보자. 어느 순간, 가슴이 부풀었다 처지던 끝에 이윽고 아이가 생기게 되면 여자는 자신이 완전히 변형되었다는 걸 느낀다. 비로소 나이를 먹었다고 자각하게 되는 것이다. 강한 누구라도 어느 날 잠에서 깨어 자신의 몸이 뭔가 달라졌다고 느끼는 순간이 있게 마련이다. 그렇게 느끼기 시작하는 건 아마 첫번째 주름을 발견했을 때일 것이다. 그러나 자신이 어떻게 보이는가에 관해 크게 신경을 쓰는 것이 남자에겐 부당하지만, 여자가 그것에 태연한 건 부도덕한 일이다. 왜냐하면 여자는 외모로 심판받기 때문이다.

가슴 확대 수술은 또 어떤가. 중성적인 여자들에 대한 반발인지, 남자들의 환상에서 비롯된 왜곡 때문인지는 모르지만,

어쨌든 이 세대의 트렌드는 가슴을 강조하는 경향이 정당하다고 생각한다. 그러나 시간이 지나면 모든 피부는 처진다. 슬프지만 모든 것은 중력의 법칙을 따르기 때문이다. 근육 위에 지방 섬유들로 이루어진 가슴은 늘 흔들리기 때문에 자연히 아래로 당겨진다. 게다가 가슴은 무게 또한 적지 않다.

그리하여 어떤 트리트먼트제도 시계를 되돌릴 수 없다. 그러니 피할 수 없는 한 가지 질문에 직면하게 된다. 처진 가슴은 미운가? 위로 솟아 샴페인 글라스에 꼭 맞는 젖가슴만이 예쁜가? 아름다움이란 단순히 형태와 표현, 외모와 어투상의 사랑스러움, 미학적인 무엇도 아닌, 그걸 보는 사람들의 눈에 본질적인 것으로 간주되는 미덕일 뿐이다. 그러므로 아름다움을 망가뜨리는 것은 노화와 부패가 아니라 고통, 슬픔, 분노, 그 밖의 다른 문제들인 것이다. 배수아는 그렇게 육체에 대한 바로크적 숭배 속에서도 삶의 유한성과 육체가 원래 가진 가치들을 상기시킨다. 영혼이 떠나고 난 후의 육체가 얼마나 보잘것없는지를 상기시켜주는 조각품을 보는 것처럼.

배수아의 글은 인문학적이기도 하다. 그래서 일견 사료(史料)의 무드도 보여주지만 현학적 과시로 뻐기거나, 외잡한 말들로 굳이 육체적 추악함을 모면하려 들지 않는다. 그녀는 우리의 뇌엽 가장 바깥에 소문처럼 감돌던 이야기들, 그러니까 모든 여학교마다 반드시 지닌, 학교 담장을 어슬렁거리다 코트를 확 열

어젖히면서 발기된 성기를 보여주던 '변태'들의 우화, 카섹스처럼 진보된 이야기, 혹은 동성애나 페미니즘에 관한 예민한 모더니티에 이르기까지 아주 멀리 쳐다보는 것이다.

배수아의 '몸'은 대상에 대한 단순한 흥미 위에 착상되지 않았다. 그녀는 일목요연하게 배열된 각 장을 통해 가슴, 유전자에 의해 선택된 종족, 자존심, 다이어트, 페티시, 힘, 누드, 사운드 이펙트, 관음증, 나르시시즘, 성적 도착(倒錯), 동성애, 초월, 폐쇄성, 소통, 피해자, 에로티시즘, 노출, 잘못된 인식, 카리스마 속의 섹스어필, 매춘, 변태, 어떤 노화의 모델, 결혼, 육식, 시체, 인종적 유전 그리고 유한함을 애석해하는 족속끼리의 고독을 망라하는 동안 자신만의 독특한 시각들을 차례로 기술해나간다.

지금, 자기 자신을 카메라 앞에 내던지고 싶어 하는 사람들로 가득 찬, '욕망을 숨기지 않으려는 욕망'으로 가득 찬 세상, 복잡한 매력을 싣는 매체들과 트릭으로 가득 찬 사진들이 주는, 몸을 둘러싼 허술한 영상들이 우리를 교란시킨다. 여자들은 외모, 다이어트와 식단 그리고 바디 이미지에 사로잡혀 있을 뿐이다. 그러나 그들은 남자들에게 간택되기 위해 옷을 입고 성형 수술을 했던 과거의 여자들과 다르다. 자주적인 젊은 여자들은 어디서 보톡스 주사를 맞을 수 있는지, 어디서 주름살 제거 수술을 잘하는지 아주 잘 안다. 그들은 성형외과 의사들이 그들 스스로 인식하지도 못했던 부위에 관해 언급해주길 당당하게 요구한다. 그들은 에너제틱하지만 에로틱하진 않은 것이다.

몸에 관한 이야기는 개체로 존재하는 인간이라는 종족의 다양성을 조형하긴 하지만, 이상(理想)을 표현하는 건 아니다. 몸은 영구히 보존되지 않는다. 우리의 몸만큼 계절의 순환 속에서 유한함을 보여주는 사물도 없다. 우리는 다만 이 모든 것을 위해, 이것이 있음으로써 저것이 존재하며, 집착의 반대인 환멸이 있음을 알게 되는 것이다.

몸은 하나의 감정적 대상이면서 오랜 비유나 신화의 옷 속에서 색욕, 부러움, 두려움, 겸손, 경멸, 의존으로 보는 환상 속에 갇혀 있었다. 배수아를 통해 우리는 방부 처리되어 있던 몸의 상투성에 도전하게 된다. 그건 자발적이기도 하고 계획적인 것이기도 하고 확보된 무엇이기도 하다. 몸은 몸 자체의 운명의 창조자이자 관리자이니까.

배수아의 아름다운 몸 이야기

내 안에 남자가 숨어 있다

ⓒ 배수아, 2011

초   판 1쇄 발행   2000년 6월 8일
개정판 1쇄 발행   2011년 12월 28일

지은이   배수아
펴낸이   강병철
주간   정은영
기획편집   임자영
디자인   씨오디
제작   고성은 박이수
영업   조광진 장성준
마케팅   박제연 전소연
웹홍보   정의범 한설희 이혜미

펴낸곳   자음과모음
출판등록   2001년 5월 8일 제20-222호
주소   121-753 서울시 마포구 동교동 165-1 미래프라자빌딩 7층
전화   편집부 02-324-2347 경영지원부 02-325-6047
팩스   편집부 02-324-2348 경영지원부 02-2648-1311
이메일   munhak@jamobook.com
홈페이지   www.jamo21.net
커뮤니티   cafe.naver.com/cafejamo

ISBN 978-89-5707-626-2 (03810)